Haar Verborge Noodlot

I0547748

Leandra Pekeur

Malherbe Uitgewers Publikasie

Outeur: Leandra Pekeur
Voorbladontwerp: Ria Richards

Geset in Franklin Gothic 12pt

ISBN 978-1-991455-07-9
Eerste Uitgawe 2024

Hierdie boek, *Haar verborge noodlot* vertel van Dihana, wie se omstandighede haar gedryf het om 'n verandering in haar lewe te maak. Daar is so baie vroue wat hul kan vereenselwig met hierdie vrou se verhaal en daaruit kan moed skep.

Jou storie hoef nie op 'n tragiese wyse te eindig nie, daar is hoop op 'n verrassende verborge noodlot.

Hoofstuk 1

Warm, seer en uitgeput, stop Dihana in die steil oprit langs hul huis. Sy span haar oorblywende bietjie krag in om haar logge lyf agter die stuurwiel uit te beur. Haar golwende gitswart hare lê nou plat op haar kop en hang in nat geswete slierte in haar nek. Sy voel taai en stowwerig. Die wind wat buite waai is bedompig en bring nie veel verligting nie.

Sy slaak 'n sug van verligting toe sy sien dat sy voor haar man by die huis aangekom het. Nou kan sy vir 'n paar minute net eers haarself bymekaar probeer kry, voor die oorlog weer opnuut begin. Haar senuwees kan nie meer Jonathan se ontydige woede uitbarstings hanteer nie.

Genadiglik kon sy haar antidepressant medikasie voorskrif hernu vandag. Sy weet nie hoe sy deur die naweek sou kom sonder daardie pilletjies nie, dit is op die oomblik haar enigste behoud. Nooit het sy kon dink dat sy van kalmeerpille afhanklik sou wees nie. Op sewe en dertig is sy 'n skaduwee van die mens wat sy eens was.

Elke oggend moet sy wonder met watter bui haar man gaan wakker word, geen dag is dieselfde nie. Die onvoorspelbaarheid vererger haar angstigheid net meer en meer. Sy is reeds ver verby die voorgeskrewe hoeveelheid pille wat sy per dag moet drink, word senuweeagtig as dit begin min word.

Dihana probeer so hard as wat sy kan om hom nie om te krap nie, sorg dat alles in die huis presies is soos hy dit wil hê, want die geringste dingetjie ontstel hom.

Hopelik het hy nog 'n naskoolse wiskunde-klas wat hy vanmiddag moet aanbied, dit sal haar meer tyd gee om haar wonde te lek. Sy wil hom nooit die satisfaksie gee om te sien hoe sy ly nie.

Terwyl sy met die paadjie na die voordeur stap, dink sy terug aan die dag wat uiteindelik verby is.

Dihana en haar man gee by dieselfde skool onderwys. Dit is 'n marteling op sy eie, want nêrens kan sy van hom wegkom nie, hy is oral waar sy is.

Sy het feitlik geen privaatheid nie, hy duld dit nie.

Vandag was daar tydens die saalbyeen-koms verskillende praatjies en opvoerings gehou om die begin van die sestien dae van Aktivisme teen geslagsgeweld af te skop.

Jonathan, so skynheilig soos hy is, het die vermetelheid gehad om voor die hele skool 'n toespraak te lewer oor geslagsgebaseerde geweld. Hy wat iedere dag 'n rede vind om haar pimpel en pers te slaan na hartelus. Dis 'n klap in die gesig vir elke vrou wat aan die hand van hul mans moet ly, en sommige ongelukkig, moes sterf.

Hierdie sestien dae van aktivisme teen geslagsgeweld is sekerlik een van die grootste klugte wat al ooit uitgedink is.

Toe die klok die einde van die laaste periode aankondig, het Dihana dadelik 'n dankgebed hemelwaarts gestuur.

Die folterende pyn in haar sy te danke aan haar man, het amper haar einde beteken vandag.

Gisteraand was sy was nog besig om te lees op hul bed voor slapenstyd, toe Jonathan kamer toe kom.

"Sit af die lig, ek wil slaap," het hy weerbarstig gesê.

"Ek gaan nou, ek wil net die hoofstuk klaarmaak." Pleks dat sy maar die lig dadelik afgeskakel het.

Die volgende moment het hy haar in haar heup van die bed afgetrap, dat sy met 'n harde slag op die geteëlde vloer val.

"Slaap sommer net daar," sê hy toe, en gooi haar kussing vir haar af grond toe. Net die gedagte dat sy toelaat dat hy haar so verneder, laat Dihana ineenkrimp van skaamte.

Nadat haar graad een klassie verdaag het, het sy vinnig haar goedjies opgepak, genadiglik ongesiens in haar motor geklim, en huis toe gery.

Sy was nie in staat om haar beste vir haar leerders te gee vandag nie, en sy voel skuldig daaroor. Hul staaltjies en grappies wat haar gewoonlik uitbundig laat lag, kon nie eens 'n glimlag uit haar kry nie.

Elke middag na skool neem sy een of twee van die kleingoed saam met haar huis toe, maar vandag moes sy hul teleurstel.

Die meeste van hulle kom uit enkelouer huishoudings en gaan gebuk onder erge armoede. Daarom ontferm sy haar oor hulle, maar die meeste van die tyd is dit hulle wat eintlik haar lewe ophelder. Maar die pyn wat sy vandag moes verduur is veels te feil. Al wat nou sal help is 'n yskoue stort en die sterkste pynpil in haar medisynekas.

Die voordeur sukkel oop. Die koelte van die huis verwelkom haar.

Sy kan nie gewoond raak aan die plek se droë somers nie, want sy het grootgeword met die see op haar deurdrumpel. Springbok se rustigheid is 'n lafenis vir die siel, maar die hitte is niemand se speelmaat nie.

Sy het nog net drie somers hier beleef, maar dit was genoeg om te besef dat sy eintlik 'n herfsmens is, want die pragdorpie se winters is weer uitermatig ysig.

Dihana skop haar skoene verlig uit, plaas haar sakke en sleutels op die antieke kis wat sy by haar ma as trougeskenk gekry het.

Kaalvoet stap sy badkamer toe.

Sy stroop die massiewe somerrok van haar seer, sweterige lyf af. Die spieëlbeeld wat terugweerkaats is alles behalwe vleiend.

Die aaklige hangmaag, bedek met rekmerke is wat sy eerste raaksien. Tiete wat soos twee lieslappe hul lê op haar bors gekry het. Drillerige lemoenskilboude wat met elke beweging teenmekaar skaaf en skuur.

Om te dink dat dit net drie jaar geneem het om haar eens lenige lyfie in hierdie onherkenbare liggaam te omskep.

Drie jaar van ontnugtering. Drie jaar van intense fisieke pyn aan die hande van die man wat beloof het om haar lief te hê. Dit het nie vir hom lank gevat om te wys wie Jonathan Swanepoel werklik is nie. Sy mooi gesiggie het haar mislei, met sy kamstige liefdeswoordjies het hy haar 'n gat in die kop gepraat.

Dan is daar die bewyse van die liggaamlike kwaad wat hy haar aangedoen het. Blou kolle wat nie wil weg nie, 'n knieskyf wat nooit kans kry om gesond te word nie, want dit is haar man se gunsteling trapplek.

Omtrent al haar siekeverlof is opgebruik, hoe kan sy voor haar kollegas verskyn met 'n verminkte gesig? Hulle beskinder haar in elk geval agter haar rug.

Dihana het geleer dat kneusplekke vinnig vererger as dit nie dadelik verkoel word nie. Daarom sorg sy dat daar altyd klein pakkies bevrore groente in die vrieskas is.

Arnica olie help om swelling te verminder en 'n warm watersak om pyn te verlig.

Sy draai die stort se krane wawyd oop en laat die lou water haar seer weg was.

Na die verkoelende stort trek sy 'n dun nagrokkie aan en gaan studeerkamer toe om haar merkwerk aan te durf.

Ingedagte sit sy by die lessenaar, toe die voordeur toeklap dat die porseleinkoppies in die vertoonkas klingel. Angs kry haar onmiddellik beet. Geen pil of druppeltjie van wat ook al kan hierdie gevoel van vreesagtigheid wegneem nie.

Haar bors trek toe en haar mond word kurkdroog.

"DIHANA!" kom haar man se stem bulderend gang af.

Dit ruk aan haar hart en sy vries by die lessenaar. Sy sidder om te dink vir wat haar te wagte kan wees. Sal sy probeer om op te staan of wag tot hy na haar toe kom.

Skielik staan hy fors en fier in die studeerkamer se deur.

Hy tree vorentoe en pluk haar met soveel krag uit die stoel uit, dat haar kop agtertoe en weer vinnig vorentoe ruk.

Dihana weet wat gaan kom, sy het geleer om stil te bly en die aanrandings met soveel bravade as moontlik te trotseer.

"Wat is fout Jonathan?" vra sy.

Sy kry die oorweldigende reuk van sigaretrook en bier op sy asem.

Hy kyk na haar met 'n afgryslike uitdrukking op sy gesig, terwyl hy haar steeds aan die arm beet het. "Jý is die bleddie fout, jý is die grootste fout wat ek in my lewe kon maak," sê hy deur vasgeklemde tande.

Hy stoot haar skielik eenkant toe en haar rug stamp teen die skerp kant van die lessenaar. "As ek uitvind dat jy gaan kerm het by daai spul slette wat jy jou kollegas noem, sal jy spyt wees."

Hy spoeg in haar oog en sy voel terselfdertyd 'n vuurwarm klap teen haar regterwang. Sy gee 'n gil van skok en probeer wegkom.

Hy ruk haar terug aan die soom van haar nagrok. Haar gesig gaan beslis weer geswel wees môreoggend.

Hy trek haar nader na hom toe, pluk haar nagrok op tot by haar borste, druk sy growwe hande teen haar maag. "Weet jy hoekom jy nooit 'n kind sal kan kry nie, want jy was te veel van 'n hoer, het jy dit vir jou kollegas vertel, juffrou Swanepoel?"

Hy smyt haar soos 'n lap op die grond neer en strompel by die studeerkamer uit.

Nog pyn op die ou pyn, sy bly lê net daar, want sy het nie die krag of moed om op te staan nie.

Hoofstuk 2

Die horlosie in die gang slaan twee harde slae. Dis warm. Dihana kan nie slaap nie, haar liggaam is koorsig en haar gesig voel swaar van die swelling. Sy staan so sag as moontlik langs Jonathan op, trek haar pantoffels aan en stap in die donker gang af tot in die kombuis.

Heelnag het sy lê en dink aan die antidepressante in haar handsak, gedink hoe maklik dit sal wees om 'n einde te maak aan hierdie marteling van 'n lewe. Hoe aanloklik klink dit nie, om verlos te wees van alles wat haar man nog aan haar wil doen. Dis beter dat sy alles nou stopsit, voor hy dit vir haar doen.

Dihana kry die pille uit die sak, gaan sit by die kombuistafel.

Die maan verlig die kombuis. Sy onthou van Jonathan se whisky in die drankkabinet, gaan haal dit ook. Sy gooi 'n handvol van die langwerpige pilletjies uit, gooi 'n bietjie whisky in 'n glas.

Haar lewe hier in Springbok kom by haar op. Die hel waardeur sy gegaan het, en steeds doen. Elke klap, elke skop, elke gebreekte been in haar liggaam skree dat sy 'n einde aan haar lyding moet maak.

Bewend bring sy die pille nader aan haar mond. Wat is daar om voor te leef, sy het nie kinders nie, 'n liefdelose huwelik, net die een laagtepunt na die ander.

Snikkend prop sy die pille in haar mond. Dit gaan lê bitter op haar tong. Die glas whisky glinster aanloklik in die maanlig.

Net twee slukkies en dit sal alles oor wees, dan sal sy genadiglik in 'n wasigheid van slaap newels wegsweef.

Hemels. Dit is alles vir die beste, oorreed sy haarself.

Die horlosie se rumoer bring haar terug na die werklikheid.

Sy hardloop na die wasbak en spoeg die pille uit, smyt die whisky ook by die drein af.

Lafaard!

Sy dink aan Jonathan wie langs haar oop mond lê en snork het. Vir die soveelste keer het sy 'n oorweldigende drang om 'n mes by sy vuil bek in te druk en hom vrek te maak, maar daarvoor is sy is ook te veel van 'n lamsak.

Dihana krimp ineen op die koue kombuis-vloer.

Hoe het hy haar nie verniel nie, hy het 'n vrees in haar ingeboesem, wat sy nie kan afgeskud kry nie.

Sy voer 'n eensame bestaan, kruip weg hier in haar huis. Hoe ironies is dit nie, die plek wat veronderstel was om vir haar 'n veilige hawe te wees, is waar sy die bangste is.

Al vriend wat sy het is dierbare Hassen. As hy moet weet wat sy vanaand wou doen...

Hul het saam in Hermanus grootgeword, was nog altyd beste maats. Vinkel en koljander het haar ma hul genoem. Hy het haar leer fietsry, en sy het hom geleer om maskara perfek aan te sit.

Sy het geweet Hassen is gay nog voor hy vir haar vertel het. Toe sy ouers uitvind was hul woedend. Hy is weggestuur na 'n tegniese skool om van hom 'n "man" te maak.

As hy huis toe gekom het vir vakansies, was hul weer onafskeidbaar.

Vandag bestuur hy en sy lewensmaat, Brent, hul eie gastehuis daar op hul tuisdorp. Hy spot altyd dat sy tegniese agtergrond tog vrugte afgewerp het.

Hulle video-oproep mekaar bykans daagliks, behalwe as sy merke en houe het wat weggesteek moet word, dan stuur sy liefs 'n boodskap.

Hul weet, probeer haar al vir ewig oorreed om haar man te los, of polisie toe gaan, maar daardie vernedering sal sy nooit oorleef nie.

Dan het sy haar liewe ma Diane, na wie sy vernoem is, sy bly steeds in Hermanus.

Sy weet ook dat sy nie alles met haar ma moet deel nie, maar die brokkies wat sy nie vertel nie, kry haar ma beslis by Hassen.

Dihana hoop dat haar ma nooit van haar verlede sal uitvind nie, maar Jonathan probeer sy bes om haar te herinner dat hy al een was wie kans gesien het om met haar te trou.

Sukkelend staan sy van die vloer af op, was haar gesig by die wasbak. Uit die yskas haal sy 'n bottel water, kyk om haar rond na wat sy en Jonathan in die afgelope drie jaar bymekaar gemaak het.

Hy het in weelde grootgeword, en dit het oorgespoel in sy volwasse lewe, vir haar was dit presies die teenoorgestelde. Sy en haar ma het dit nooit breed gehad nie, maar daar was ten minste elke aand 'n bord kos op hul tafel en genoeg liefde om enige hunkering na materiële dinge te stil. Sy neem 'n slukkie water en staar ingedagte by die kombuisvenster uit oor die swembad in die agterplaas. Dihana het Jonathan ontmoet toe sy 'n tweedejaarstudent en hy derdejaars was. Albei het onderwys studeer.

Hy was gewild onder sy vriende, veral die meisies op kampus.

Dit was nie die sprokies liefdesverhaal waarvan mens droom nie, maar liewer 'n skaamtelose magspeletjie wat haar gedwing het om die moeilikste besluit van haar lewe te maak.

Haar ma het haar swaar groot gekry, die Vader weet hoe sy elke dag na skool elke liewe werkie moes aanvat om haar ma te help om hulle van die nodigste te voorsien.

Dihana het haar ma belowe dat sy eendag sal sorg dat hulle twee aan niks te kort sal hê nie. Sy sal gaan studeer en iemand word op wie haar eenvoudig, maar tog trotse mammie, mee kan spog by kerkraad vergaderings en weeklikse bejaarde klub byeenkomste.

Haar ma het haar nooit vergewe oor sy met Jonathan getrou het nie, maar watter ander keuse het sy gehad? Hy het 'n houvas op haar gehad wat sy verdra het ter wille van haar ma.

Dihana se ma kon nie betaal vir haar studies nie. Dihana was op beurse en aalmoese van familie aangewese om deur universiteit te kom. Haar tweede jaar het sy nie 'n volle beurs gekry nie en moes sy 'n plan maak om vir kos en sommige boeke te betaal. Haar uitkoms het gekom een middag by die kampus se kennisgewingbord.

Daar was 'n advertensie vir meisies wat ekstra geld wou maak, met 'n telefoonnommer om te skakel indien jy belangstel. Sy het die nommer vinnig neergeskryf en na die publieke telefoonhokkie gehardloop.

'n Vrou met 'n formele stem het die foon beantwoord, sy het dit laat klink asof hulle meisies soek wat kan dans by partytjies. Al kon Dihana nie dans om haar lewe te red nie, het sy tog die adres afgeskryf waar sy moes gaan vir 'n oudisie. Heeltemal onskuldig het dit geklink.

Maar toe nie.

Dit was 'n strip klub, van die soort wat jy net op die televisie sien, sy gril om net daaraan te dink.

Daar was baie nuwe meisies wat saam met haar begin dans het. Hul moes eers leer hoe om om daardie paal te dans, voor hul die verhoog kon betree, leer hoe om mans se sensualiteit te prikkel.

Dit was nie 'n maklike taak nie. Daar was 'n paar met geen ritme soos sy, maar hul instrukteur kon selfs hulle in paaldanseres transformeer.

Elke meisie het 'n hoelahoepel gekry om huis toe neem, daarmee moes hul oefen om hul heupe passievol te beweeg.

Die eerste paar dae van oefening was pynlik, spiere was stokstyf. Dihana het haarself verbaas dat sy al die sexy dansbewegings kon bemeester.

Om haar kaalgat uit te trek voor 'n spul besope, jagse mans, het vinnig vir haar tweede natuur geword, maar sy het nooit met een van hulle bed toe gegaan nie.

Deur die dag was sy die onskuldige student, maar snags het sy die rol vertolk van 'n wulpse terg-danseres. Die geld was goed, al het sy nie so baie soos die ander meisies gemaak nie, want sy was nie so waaghalsig soos hulle nie.

Die stories het vinnig begin versprei, en elkeen het sy eie stertjie aangelas.

Die woord prostituut was op die ou end aan haar naam gekoppel.

Dihana het haar in haar koshuiskamer toegesluit as sy nie klasse gehad het nie. Sy kon niemand meer in die oë kyk nie, sy het haar byna dood geskaam.

Dis hoe sy vir Jonathan ontmoet het.

Hy en sy pêlle van kampus het een aand by die klub opgedaag, net toe sy op die klein verhogie klim, geklee in 'n piepklein skelpienk bikini.

Sy het hul dadelik herken, en het gewens sy breek 'n been of arm dat sy nie nodig sou hê om haar voor hulle te ontbloot nie.

Maar sy moes dans vir haar brood en botter. Trane van vernedering het by haar wange afgeloop terwyl sy haar klere stukkie vir stukkie moes uittrek.

Na daardie aand het Jonathan haar die hof begin maak. Blomme aangedra wat hy voor die hele kampus in 'n dramatiese gebaar aan haar oorhandig het.

Dihana kon nie glo dat hy kans gesien het om met haar gesien te word nie, wat nog te sê met haar uitgaan, want sy het 'n slegte naam gehad. Daarom was dit maklik vir haar om op hom verlief te raak, want hy het al die regte goed gesê om haar goed te laat voel.

Geld was geen probleem nie. Hy het haar aan net die beste gewoond gemaak.

Hy het haar oorreed om die dansery te stop, gesê dat hy uit 'n welgestelde familie kom en het aangebied om haar finansieel te help.

Sy het ingestem, oorstelp dat sy nie weer haar menswaardigheid voor die swyne moes verkwansel nie.

Maar haar geluk was van korte duur.

Die eerste keer toe Jonathan sy ware kleure begin wys het, was die dag toe sy hom saamgenooi het vir 'n naweek na haar ouerhuis.

Op pad Hermanus toe het hy in haar oor gefluister dat as sy belowe om soet te wees, hy nie vir haar ma sal vertel van haar vieslike geheim nie.

Sy woorde het haar oor vuurwarm gehad en sy het ineengekrimp van vernedering.

Haar ma het dwarsdeur Jonathan gesien en het teen die einde van die naweek haar gesmeek om afstand te doen van die jongman met die uitgeslape oë.

Maar Dihana het geweet sy sou dit nooit kon doen nie, nie tensy sy haar ma wou laat uitvind van die liederlike stories wat oor haar die rondtes doen nie.

14

Die ergste van alles was, dat sy eintlik nog geen man na aan haar gehad het nie, maar wie sou haar glo.

Hoe het dinge nie verander in die tussentyd nie. Nou kan sy nie onthou wanneer laas hulle gelukkig was nie.

Toe hulle hierheen trek wou haar ma haar afskryf, sy kon nie verstaan hoekom Dihana nie ook kon besluit waar hul na hul troue moes bly en werk nie.

Hulle het die poste hier aanvaar en sak en pak Springbok toe getrek.

Jonathan wou haar net vir homself hê. Sy was verlief en gevlei dat haar man haar met niemand wou deel nie.

Sy was die perfekte nuwe bruid. Haar liefde vir kook het sy uitgeleef. Het vir hom die smaaklikste disse opgetower. Hy het dit opgesmul en komplimente uitgedeel, haar soos 'n prinses laat voel.

As haar ma wou kom kuier, het hy altyd 'n verskoning gehad hoekom dit nie nou geleë is nie. Toe sy besef dat hy besig is om haar van haar familie te distansieer, was dit reeds te laat.

Die keerpunt in hul verhouding was maar 'n paar maande in hul huwelik.

Hy het een aand 'n daknatmaak partytjie gereël, en 'n paar kollegas oorgenooi. Voor ete het almal agter op die patio gekuier met drankies in hul hande. Dihana het heeltemal van die voorgereg in die oond vergeet, en teen die tyd dat die rook by kombuisvenster uitborrel, was Jonathan reeds 'n paar glasies voor die ander gaste.

Hy het onredelik boos geword, haar aan die arm gegryp, en in die kombuis getrek. Een van die manskollegas het probeer keer, maar hy was eerder met 'n vuishou vergoed. Die glasie wat nog in Jonathan se hand was het hy gevat en verby Dihana se gesig stukkend teen die muur gegooi. Sy het gedink sy sterf van skaamte.

Die ete was verby nog voor dit begin het, nadat hy slingerend verskoning gemaak het vir sy nikswerd vroutjie wat nie in staat is om 'n eenvoudige ete voor te berei nie.

Daar was nie sommer weer 'n partytjie by die Swanepoel woning nie.

Toe het die drinkery begin. Daarna die swangerskap nagmerrie. Hy wou kinders hê en sy kon dit nie vir hom gee nie Die aanrandings het kort daarna gevolg.

Eers maande uitmekaar, toe weekliks en daarna sommer elke dag.

Nou haat sy haarself dat sy hom toegelaat het om van haar 'n statistiek te maak, toegelaat het dat sy gestigmatiseer word.

Dihana skrik uit haar gedagtegang voor die kombuisvenster wakker toe die ganghorlosie weer vier slae gee. Die bottel water val uit haar hand en deurweek haar pantoffels. Versteen staan sy en kyk hoe die water deur die pantoffels trek en toe haar voete uiteindelik ook natmaak.

So het Jonathan haar tot in haar siel besmet, en sy weet instinktief dat sy 'n drastiese besluit oor haar toekoms sal moet neem. Af in die gang hoor sy hoe haar man lê en snork en 'n wilde gier pak haar beet.

Dis nou of nooit, net sy kan 'n verandering maak aan die nagmerrie. Tot hier toe en nie 'n bleddie hel verder nie. Sy moet hier weg! Hoekom het dit haar so lank gevat om dit te besef.

Op haar tone sluip sy na die voorportaal, gryp haar karsleutels, handsak en baadjie.

Toe die agterdeur agter haar toegaan, hardloop sy na haar motor wat langs Jonathan s'n geparkeer staan. Toe Dihana binne in haar kar sit, bewe sy so dat sy sukkel om die kar in trurat te kry. Eindelik laat loop sy die kar agteruit met dooie ligte en draai in die rigting van die hoofweg ...

Hoofstuk 3

"Hoekom ruik ek nog nie koffie nie, Dihana!" skree Jonathan vanuit die slaapkamer. Hy staan met 'n verskriklike hoofpyn uit die bed op. Hy gaan was sy gesig in die badkamer.

"Dihana, bring vir my 'n handdoek, ek wil my gesig afdroog!" Geen antwoord. "Waar is die verduiwelse vroumens?"

Jonathan stap uit die badkamer, droog sommer sy gesig met sy naghemp af.

Die huis is ongewoon stil. Hy stap na die voorkamer waar die gordyne steeds toegetrek is, geen werskaf geluide vanuit die kombuis nie.

Sy sit seker op die agterstoep en lap weer hul nuutste rusie aan haar ma uit oor die foon.

"Dihana!" Hy pluk die agterdeur oop, maar daar is niemand. Jonathan vee verward sy hande deur sy swart krulhare.

Werstukke van haar leerders lê op haar lessenaar.

Hy kan dit nie vat dat sy die kinders hier na hul huis nooi middae nie. Verbeel haar sekerlik dat hul hare is, want sy is te sleg om een van haar eie te kry, bleddie slet wat sy is.

Hy verwyt haar dat sy hom nie 'n kind kan gee nie. Hy is die grootste gek onder sy vriende en kollegas.

Jonathan gaan haal sy foon op sy bedkassie om sy vrou te bel. Na drie probeerslae sonder antwoord, smyt hy sy foon op hul bed neer.

Hy het 'n gholf afspraak en sy weet dit, sy klere is nog nie eens reg gesit of gestryk nie, verwag sy hy moet dit self doen?

Hy loop tot by die haak waar hul motorsleutels hang en sien dat Dihana se sleutel weg is.

Sy sal dit mos nooit waag om iewers heen te ry, sonder om vir hom te vra nie!

Hy hardloop tot buite en tref net sy eie motor in die oprit aan.

Jonathan staan met 'n verdwaasde uitdrukking en kyk na die leë kol waar haar motor gewoonlik staan.

Dihana waar is jy?

Toe sy haar tuisdorp binnery, loop trane van algehele dankbaarheid oor haar wange. Drie jaar gelede het sy hierdie plek laas gesien, geruik en ervaar.

Die reuk van sout en see vul haar met heimwee. Sy draai die ruite af, om die vars seebries in te laat.

Die rit hierheen was uitmergelend. Sy het dwarsdeur die nag gery, het net gestop om petrol in te gooi. By die eerste petrolstasie in Hermanus wys die paneelhorlosie dis twintig voor twaalf.

Sy het intussen haar sonbril opgesit om haar blou geswolle gesig te verberg. Al sien Dihana uit om haar familie en vriende na drie jaar weer te ontmoet, weet

19

sy eerlikwaar nie hoe Hassen en haar ma gaan optree as hul haar in hierdie toestand moet sien nie.

Na 'n bykans nege ure rit, voel sy gedisoriënteerd en kragteloos. Sy kan nie glo dat sy die durf gehad om te doen wat sy eintlik lank reeds moes doen nie.

Sy is uiteindelik vry!

Dihana gooi haar kop agteroor, lag uitbundig en kan voel hoe die afgelope paar uur se spanning uit haar vloei. Sy was so bang dat Jonathan intussen sou wakker skrik en haar agtervolg.

Maar sy het weggekom, sy het dit reggekry! Uiteindelik is sy vry van angs en algehele vrees.

Hoe hemels gaan dit wees om nie meer beheer te word deur 'n magsiek mansmens wat meen die Evageslag is geskape om hul te dien nie.

Die seelug is koel. Gelukkig het sy haar baadjie gegryp by die huis voor sy gevlug het.

Skielik onthou sy van haar selfoon in haar handsak. Sy gryp haar sak van die passasiersitplek en krap naarstiglik vir die plat gladde voorwerp, sug verlig toe sy dit raakvat.

Die foon se battery is dood en sy koppel dit aan die mobiele laaier. Toe Dihana die foon uiteindelik aanskakel, vibreer dit bykans onmiddellik. Jonathan se naam verskyn op die skerm, maar sy skakel die foon onmiddellik weer af.

Sy smyt die foon weer eenkant en vererg haar op die daad. Daar is nie tyd om daaroor te tob nie, sy moet ry om by haar volgende bestemming te kom.

Jonathan het nooit kon dink dat Dihana die ruggraat sou hê om hom so vir 'n gek hou te hou nie. As hy haar in die hande kry gaan sy spyt wees dat sy soos skelm in die nag weggehol het en hom soos 'n idioot laat voel het.

Na alles wat hy vir die ondankbare vetgat gedoen het, alles wat sy is, is te danke aan hom. Sy is sy besitting, sy swaarverdiende eiendom.

Sy was 'n goedkoop paaldanser toe hy haar ontmoet het. Nie eens 'n goeie een nie, moet hy bysê.

Hy het haar gered daarvan. Haar studies betaal, vir haar dinge en plekke gewys wat sy nie aan gewoond was nie. Haar armsalige, inmengerige ma wou hom van haar af weg hê. Min het sy geweet dat haar dogter 'n slap slet is wat poedelkaal met getroude mans in die bed spring vir geld.

Al wat sy moes doen is om sy vrou te word, na hulle sou graad vang.

Hy het baie ingesit, het selfs haar skynheilige ma trotseer. Hy het Dihana verseker dat hy nooit haar geheim sou uitlap nie, tensy sy doen wat hy van haar verlang.

Die beste gedeelte van sy plan was om uiteindelik te sorg dat hulle altwee hier aan die gatkant van die wêreld werk kry om te verseker dat elemente van die verlede nie sy planne in die wiele ry nie.

Hy wou haar vir homself hê, gelukkig het haar ma se gekerm op dowe ore geval.

Sy wou nooit hê hulle moes hierheen trek nie. Het hartseer vir Dihana gesmeek om liewer te wag tot sy 'n pos elders kry, maar hy het Dihana reeds al van daardie tyd af beheer. Skielik onthou hy iets. Dihana se motor het 'n opsporingstoestel in, hoekom het hy nie lankal daaraan gedink nie.

Hassen stap senuagtig heen en weer in die sitkamer. Vandat Dihana gesê het sy is op pad Hermanus toe, kon hy nie rus vir sy siel kry nie. Hoe bitterlik baie graag hy haar wil sien en vashou, weet hy dat daar definitief groot fout is. Sy is soos 'n suster vir hom, hy het haar liewer as homself. Hoeveel keer het hy al gedreig om haar te gaan haal waar Jonathan haar gaan toesluit het soos 'n Raponsie van ouds.

Brent stap die vertrek versigtig binne.

"Is jy okay, Liefie?" vra hy

"Los my net, dat ek kan dink, Brent!" gil Hassen onnodig, maar voel dadelik jammer oor sy bitsigheid. Hy is angstig oor Dihana se skielike besoek, want sy is nie die impulsiewe soort nie. Hierdie optrede is heeltemal buite haar karakter.

"Ek dink daar is groot fout, Brent." Hassen vryf oor sy kaalgeskeerde kop, terwyl hy steeds ongeduldig rondloop. "Dihana sal nooit net so onverwags hier aankom nie, nie vir die eerste keer in drie jaar nie. Sy sou hierdie kuier haarfyn beplan. Dink jy nie ook dis vreemd dat sy sonder haar man 'n nege uur rit oornag aangepak het nie?"

Brent gaan sit op een van die rusbanke, en beduie dat Hassen dieselfde moet doen. "Goed Hassen, sê nou jy is wel reg oor alles, wat kan ons nou daar omtrent doen?" vra Brent in 'n poging om Hassen te kalmeer.

"Ons kan nou net wag vir Dihana om op te daag en haar met soveel liefde en hartlikheid moontlik ontvang."

'n Sagte klop aan die deur, onderbreek hul gesprek. Hassen probeer sy gemoed tot bedaring bring, voor hy eindelik na die voordeur stap.

Aan die anderkant van die deur staan sy Dihana. Dihana wie se man haar sonder seremonie, uit hul lewens geruk het. Dihana oor wie hy vir maande getreur het asof sy dood was.

Nou is sy hier, en hy weet nie of hy gereed is hiervoor nie.

Dihana weet nie hoe sy Hassen in die oë gaan kyk nie, sy het glad nie hierdie besoek deurdink nie. Sy wens sy kon in haar kar klim, en terugry na waar sy vandaan kom. Hy gaan haar verwyt, en dit sal sy nie kan hanteer nie.

Dit is presies wat sy verdien, aangesien sy soos 'n bedremmelde wegholbrak op sy deurdrumpel kom staan, nadat hy haar gewaarsku het teen Jonathan. Vir maande na hulle na Springbok getrek het, het hy haar gesmeek om huis toe te kom. Elke keer as sy in trane gebel het om te sê hoe sy verlang, wou hy haar kom haal.

Maar dit is nou te laat vir selfbejammering en verdriet, want die deur swaai oop.

Ewe skielik staan haar heel eerste en beste maat voor haar.

Hierdie is beslis nie 'n blye weersiens nie. Die pynlike uitdrukking op Hassen se skoongeskeerde gesig neem die wind heeltemal uit Dihana se seile.

Maar hy trek haar teer teen hom vas, en ween bedroef op haar klamgereënde skouer. Vir 'n wyle staan hul so, hartseer maar ook verheug om weer verenig te wees, al is dit onder sulke droewige omstandighede.

Hy soen haar sag oral op haar geswolle gesig, en lei haar die huis binne.

Brent kom ook nader en druk haar teen hom aan.

Dihana het lanklaas soveel liefde ervaar. Na al die pyn en leed wat Jonathan haar aangedoen het, is hierdie 'n vreemde belewenis.

Maar sy is ontvanklik hiervoor, sy drink dit in soos 'n pasgebore baba doen met sy eerste asemteug.

Saam gaan sit hul in die ruim sitkamer.

"Goed, nou kan jul my maar slegsê, ek is gereed vir enigiets wat jul na my kant toe wil gooi," val Dihana met die deur in die huis. Sy wil hê hul moet alles uit hul sisteem kry, en nie weer daaroor praat nie.

"Nee, ons gaan niks van die aard doen nie," sê Hassen beslis. "Jy gaan nou vir ons van die begin af vertel wat jou gedryf het om drie-uur in die oggend in jou kar te klim en 'n nege uur rit op jou eie aan te pak."

Dihana knik instemmend. Die storie wat ontvou is 'n aandoenlike gewaarwording vol rou emosie. Sy hou niks terug nie, wil niks wegsteek nie, want sy het hierheen gevlug om innerlik gesond te word.

Hassen sukkel om homself in toom te hou. Dihana se gesig is so geswel, dis moeilik om haar in die oë te kyk, sonder om homself te buite te gaan van woede. Dit sal nie nou baat om vir haar te sê "I told you so" nie, maar hel, kyk hoe lyk sy!

Dit is wat drie jaar van getroude lewe met Jonathan Swanepoel, opgelewer het

Hassen is dankbaar dat sy haar toevlug hierheen geneem het, sy is uiteindelik tuis, hy gaan haar nie weer verloor nie.

Hoofstuk 4

Dis 'n triestige Sondagoggend met miswolke in die lug, sien Dihana deur die venster van die kamer wat op die see uitkyk. Vanmôre is sy dankbaar. Dankbaar dat sy haar oë in haar geboortedorp kan oopmaak, dat sy omring is met vrede en liefde, en nie vol twis en haat nie.

Hassen en Brent bly in 'n ruim kothuis wat aan die agterkant van hul flambojante gastehuis staan.

Behaaglik strek sy haar uit voor sy haar voete van die bed sit.

Sy het vir Hassen gesmeek om nog nie haar ma te laat weet dat sy in Hermanus is nie. As die swelling in haar gesig heeltemal gesak is, sal sy self haar ma kontak.

Vandag wil sy haar nuutgevonde vryheid met 'n stappie op die strand vier. Sy voel om sommer bollemakiesie te slaan van opgewondenheid.

Hassen loer toe net in by die kamerdeur, sy lyftaal sê vir haar dat daar fout is. Sy staan op uit die bed terwyl sy hom vraend aankyk.

"Jonathan het so pas voor die deur gestop," kondig hy aan.

Dihana voel hoe haar bene onder haar meegee. Hassen is net betyds om te keer dat sy val, hy sit haar terug op die bed. Vir 'n oomblik lê sy net so, staan toe beslis op.

"Hy het nie meer mag oor my nie, ek gaan nie meer toelaat dat hy my intimideer nie," sê sy vasberade.

Saam stap hulle na die voordeur, waar Brent reeds vir hul wag.

Jonathan is besig om met die trappe op te klim. Hassen wag nie totdat hy klop nie, hy swaai die deur oop. Die twee mans gluur mekaar aan.

"Ek het my vrou kom haal," sê Jonathan

Brent hou Dihana styf vas, want haar bravade was van korte duur. Sy hoef nie in sy gesig te kyk om te weet hy's gedrink nie, die drankwalm is genoeg om haar naar te maak.

"Oor my dooie liggaam, jy het die vrou se lewe genoeg opgemors, trap eerder!" bulder Hassen sy woede uit. Dihana het Hassen nog nooit so boos gesien nie.

"En wat laat jou dink ek skrik vir jou, ek het geweet sy sal hier by jou kom wegkruip!" sis Jonathan deur sy tande.

"Hoe het jy my opgespoor?" wil Dihana verontwaardig weet.

Jonathan gooi sy swart hare dramaties agteroor en sê leedvermakerig... "Die Tracker wat ek op jou kar aangebring het het toe uiteindelik sy doel gedien, of wat sê jy?"

"Kom, laat ons ry. Het jy gedink ek sal jou net so laat gaan?"

"Dihana, jy gaan nêrens heen saam met hierdie besope nikswerd nie." Hassen kom staan vasbeslote agter haar.

Saggies fluister sy in Hassen se oor dat hy nie bekommerd moet wees nie, sy sal okay wees. Dihana stap agter Jonathan aan na sy kar toe. Trane rol onkeerbaar by haar wange af toe sy by die passasierskant inklim. Hul trek rukkend in die mistige seelug weg.

Pas na Dihana en Jonathan weggetrek het, vra Hassen vir Brent om hul motor uit die garage te trek en om die huis te bring. Hulle spring in die motor en volg in die rigting waarheen Jonathan se motor verdwyn het.

Kort voor lank gewaar hul Jonathan se bloedrooi sportmotor 'n ent voor hulle. Jonathan jaag verby elke kar, aankomende motors moet wegdeins om uit sy pad te bly. Die mistigheid het nog nie opgeklaar nie, maar hy ry teen 'n verskriklike spoed, dat Brent en Hassan nie eens kan byhou nie.

Toe Brent langs hom gil, sien Hassen hoe Jonathan 'n string karre probeer inhaal terwyl 'n volgelaaide vragmotor reg op hom afpyl. Hulle sien hoe die rooi sportmotor net betyds uit die pad swiep en buite hulle sig verdwyn.

Jonathan verloor heeltemal beheer oor die sportmotor. Die volgende oomblik vlieg hul van die pad af oor die afgrond. Die motor beland op sy dak tussen 'n ruig plantasie bome.

Brent rem onmiddellik, want die volgende oomblik versper die vragmotor die pad, en omtrent vier karre voor Hassen en Brent bots in die aankomende vragmotor. 'n Ontploffing volg en die vragmotor bars uit in vlamme.

Instinktief spring hulle uit hul kar en hardloop in die rigting van die ongelukstoneel terwyl Brent die nooddienste skakel.

Binne minute is dit chaos net waar hulle kyk. Die brand van die vragmotor maak dit moeilik om te sien waar Dihana en Jonathan se motor is, alhoewel Hassen twyfel of hulle die botsings kon oorleef het.

Nooddienste, brandweer en die verkeersbeamptes daag kort daarna op, en die pad word dadelik afgesper.

Na wat soos 'n ewigheid voel, kom 'n paramedikus na hul aangestap.

"Goeiemiddag, ek is Cole Matthews," stel hy homself bekend. "Het u enige verbintenis aan die passasiers van die rooi sportmotor?"

Rou snikke kom diep vanuit Hassen se binneste. "Dihana!" roep hy uit. Brent huil verdrietig, met sy gesig in sy hande.

"Ek is jammer om jul te moet meedeel dat die bestuurder van die rooi sportmotor ongelukkig in die ongeluk omgekom het, maar die vroulike passasier is nou op pad na die hospitaal. U kan die ambulans volg tot daar.

Hassen en Brent omhels die onbekende man byna gelyk, spring in hul kar en jaag na die hospitaal. Sy leef, dit is al wat saak maak.

Cole is al twaalf jaar 'n paramedikus, en alhoewel hulle aangeraai word om nie persoonlik betrokke te raak by ongelukstonele nie, kan hy steeds nie daaraan gewoond raak nie

Hy beskou homself as 'n gelowige persoon en glo dat sy geloof hom help om die tonele wat hy daagliks aanskou te verwerk. Sy kollegas skerts gereeld met hom dat hy te sag is vir die beroep, maar hy sien dit as sy roeping.

As die enigste enkellopende in die span, het hy ook niemand om die grusame tonele mee te deel as hy huis toe gaan nie.

Toe hy 'n paar uur terug langs die gebreekte liggaam sit van die vrou wie die enigste oorlewende was in 'n grusame ongeluk, kon hy nie help as om 'n vreemde band met die onbekende, beangste vrou te voel nie.

Sy het ver van die ongelukstoneel gelê, en was in verskriklike pyn. Dit was duidelik dat haar nek of rug ernstig beseer was.

Hy het net daar tussen al die chaos vir haar gebid, voor sy na die ambulans geneem is.

Of sy dit gaan maak weet hy nie, maar hy gaan dit sy werk maak om uit te vind.

Hoofstuk 5

Diane Morris is 'n aantreklike vrou vir haar vier en sestig jaar. Haar ligbruin oë soos haar dogter s'n, skiet vol trane waar sy voor die hospitaalbed staan van hierdie einste dogter.

Wat 'n hartverskeurende toneel is dit nie wat voor die moedige enkelma afspeel.

Hoe het sy nie by die Here gepleit dat Dihana verlos word uit die hel van 'n huwelik waarin sy haar vir soveel jaar bevind het nie. Sy het Jonathan al van die eerste dag af nie vertrou nie. Sy het Dihana gewaarsku teen die man, maar Dihana was halsoorkop verlief op hom.

Waar sy nou langs haar dogter se bed staan, kan sy net dankbaar wees dat daar tog vir haar 'n uitkoms gekom het al was dit op hierdie tragiese wyse.

Dihana dartel tussen slaap en wakker. Sy droom van hande wat hare styf vashou en 'n gerusstellende stem wat aanhoudend vir haar fluister dat sy sterk moet wees, en veg vir haar lewe.

Dan sukkel sy om haar bedremmelde brein rondom die skokkende waarheid te kry. Jonathan is dood... Die feit dat sy leef is net loutere genade. Dit het sy lewe gekos om werklik vry van hom te wees.

Trane vloei vrylik uit haar reeds rooigehuilde oë. Sy huil al die seer in haar deernisvolle ma se arms uit. "Dit is alles my skuld, ek moes hom nie laat ry nie, ek het geweet hy is besope!" roep sy uit.

"Nee hartjie, moenie jouself so kasty nie," troos Diane opnuut en beduie vir Hassen en Brent om in te kom.

Hul omhels haar versigtig terwyl die stil Brent haar trane met 'n snesie afdroog.

Dihana is meteens so dankbaar vir al die liefde wat sy in die kamer ondervind, dat Brent op die ou end uit snesies raak.

Jonathan se begrafnis was vir Dihana uitmergelend. Sy het besluit om hom hier in Hermanus te begrawe.

Sy dink nie sy sal ooit weer Springbok toe gaan nie, sy wil liefs vergeet van die hel wat sy daar moes beleef.

Dihana het die rol van die bedroefde weduwee uitmuntend vertolk en het die medelye van familie, vriende en kollegas met die korrekte hoeveelheid deernis, respek en trane ontvang.

Gelukkig is haar ma, Hassen en Brent hier vir haar. Sy is nog baie seer na die ongeluk en het na afloop van die ete in haar kamer gaan lê. Sy het besluit om hier by Hassen en Brent aan te sterk, in stede van haar ouerhuis.

Trane van verlies rol weer opnuut oor haar wange as sy besef dat keuses 'n groot deel van mens se lewe is. Deur die keuses wat sy gemaak het, het haar lewe 'n verskriklike wending ingeneem.

Toe sy haar oë toemaak val sy opeens in 'n diep sluimer en dieselfde droom van die afgelope aande na die ongeluk, speel af in haar onderbewussyn.

Sy sien die donker oë van 'n man met 'n diep kalmerende stem wat haar gerusstel en haar hand styf vashou. Sy word wakker uit die droom toe Brent aan haar skouer vat.

"Sorry to bother you sweety, maar daar is 'n very tall, handsome manlike besoeker in die sitkamer vir jou!" Hy wink haar met sy wysvinger nader met 'n skelm glimlag om sy mond. Sy smeer bietjie concealer onder haar oë, terwyl sy wonder wie die "handsome" kuiergas is. Na 'n veeg deur haar deurmekaar hare, stap sy twyfelagtig gang af na die sitkamer, waar sy haar ma, Hassen en Brent se stemme ook hoor.

Cole weet wat hy op die oomblik doen is malligheid, maar hy kon nie die vrou met die ongelooflike magnetiese oë uit sy sisteem kry nie. Hy wou weet hoe dit met haar gaan. Hy moes haar net kom opsoek, haar weer sien. Cole wou weet of sy hom kan onthou, of hy op haar ook so impak gemaak het soos sy op hom.

Dit was moeilik om haar adres in die hande te kry, maar dit was die moeite werd, want hier sit hy nou in haar sitkamer, en voel soos 'n senuweeagtige matriekseun by 'n matriekafskeid.

Toe sy om die hoek van die sitkamer gestap kom, staan hy op. Asof in stadige aksie beweeg hy na haar toe, steek sy hand uit om haar te groet.

Sy huiwer om nader te kom.

"Jammer dat ek op so ongeleë tyd hier by u aankom, ek is Cole Matthews. Ek was op die toneel ten tyde van u ongeluk. Ek het daardie dag as paramedikus gewerk," verduidelik hy sy teenwoordigheid. "My innige simpatie met die verlies van u man."

Cole hoop nie hy skrik haar af nie, want hy dink nie hy sal dit kan verdra as sy hom hier verjaag nie. Sy het hom bekoor van die eerste keer wat hy haar brose liggaam in die veld langs die teerpad sien lê het. Hy kon nie anders as om haar te kom opsoek nie. Hy wil hier wees vir ondersteuning.

Dihana skrik met die aanhoor van die aantreklike man se stem. Dis dieselfde stem in haar drome van die afgelope dae. En die oë sal sy ook nooit vergeet nie. Dis die oë wat haar eie gevange gehou het tot die donker newels haar oorval het, en sy in die hospitaal in pyn wakker geword het.

Dihana voel uit die veld geslaan en sy is meteens onvas op haar voete. Sy gryp na sy hand wat hy na haar toe uitsteek, want sy voel soos 'n drenkeling en gebruik sy hande weereens as reddingsboot.

Cole sien dat sy inmekaar gaan sak en tree instinktief vorentoe. Hy vang haar betyds voor sy heeltemal ineenstort. Uit die niet verskyn haar ma, Hassen en Brent nog voor hy na hulle kan roep.

Hy lê 'n bewustelose Dihana op die naaste rusbank neer.

"Well, seems to me your presence makes the girls weak at the knees, Mr. Matthews," laat Hassen met 'n skewe glimlag van hom hoor.

"Moenie jou simpel hou nie, Hassen, kan jy nie sien my kind is in 'n toestand van skok nie!" raas Diane met Hassen. Cole staan verbouereerd rond toe drie paar oë hom onheilspellend aangluur.

Hy verskoon homself en vlug by die voordeur uit.

Hoofstuk 6

Lexi sit agter die kinderhuis in die namiddagson in 'n poging om haar lang bos swart hare droog te maak. Vir die eerste keer in haar sestien jaar het sy self probeer om haar boskasie in krullers te kry, sonder om te koek. Sy mis haar ma die meeste hierdie tye as sy so moet sukkel met die goed wat haar ma gewoonlik vir haar gedoen het.

Toe haar ma 'n jaar terug skielik siek word, kon Lexi dit nie verwerk nie. Om haar eens lewenslustige ma in 'n hospitaalbed te sien lê, met pype en masjiene rondom haar, was verskriklik traumaties. Sy moes alleen daardeur gaan, want familie en vriende is daar nie om van te praat nie.

Nooit het sy gedink dat haar ma sou doodgaan nie. Lexi se lewe het daardie dag letterlik in duie gestort, sy was alleen gelaat in hierdie wêreld.

Toe geen naaste familie kans sien om haar in te neem nie, het die maatskaplike werkster haar hier na Mispa-kinderhuis toe gebring.

Haar ma se familie het in die begin van haar verblyf by die kinderhuis gereeld gebel en goedjies gestuur, maar dít het namate minder geraak en toe heeltemal opgehou.

Sy sal by die kinderhuis moet bly tot sy agtien is, om aanspraak te maak op haar erfporsie.

Dit was altyd net sy en haar ma. Lexi het nog nooit haar pa geken nie, haar ma het ook nooit oor hom gepraat nie. Maar die feit dat haar pa nooit 'n rol in haar lewe gespeel het nie, het geen verskil gemaak aan haar grootwordjare nie.

Haar ma was 'n suksesvolle skilder en het altyd 'n buitengewone leefstyl gehad, die dat die familie wye draai om hulle geloop het. Sy en haar ma het presies dieselfde persoonlikhede gehad. Eksentrieke introverte.

Maar haar lewe is nou in onbekende mense se hande, sy het nie 'n keuse as om saam te speel nie. Haar ma het haar baie beskut en beskermend grootgemaak.

Hier moet sy self sien kom klaar.

Sy het probeer aan beweeg, het haarself geleer om nie op ander staat te maak nie. Sy is nou alleen in die lewe en sy moet verantwoordelikheid aanvaar vir haarself.

Die ander in die kinderhuis ignoreer haar so ver hulle kan. Hulle meen sy dink sy is beter as hulle. As hulle maar kon weet, dat sy soos enige ander tiener, net wil inpas en aanvaar wil word.

Toe tannie Pippa, matrone van die kinderhuis, haar van die stoeptrappies af roep, val Lexi byna van die houtbankie waarop sy sit en dagdroom af.

Sy spring van die bankie af op en hardloop agter tannie Pippa aan, terwyl dié alreeds in die koue gang afloop en by haar kantoor indraai.

Toe tannie Pippa agter die lessenaar inskuif, wys sy vir Lexi om te sit.

Pippa is al vir meer as dertig jaar matrone van die kinderhuis en nog nooit het 'n kind haar so aangegryp soos die pragtige een voor haar nie. Nie een van haar familielede het kans gesien om haar in te neem na sy haar moeder verloor het nie. Alhoewel nie een van hulle meer jonk is nie, kon Pippa dit nie verstaan dat hulle die kind aan die welsyn se genade oorgelaat het nie.

Die ander kinders hier ken net swaarkry, ellende en verwerping van hul geboorte uur af, daarom pas hul so gou aan, maar hierdie kind met die hartseer oë ... Pippa weet nie hoe sy dit vir die afgelope maande hier uitgehou het nie.

Lexi is sterk, sy weet dit net nie, dit het Pippa besef die dag toe die maatskaplike werkster haar kom aflaai het, en Lexi nie 'n enkele traan gestort het nie.

"Lexi my skat, ek het baie belangrike nuus vir jou, kind."

Lexi se nekhare rys, want niks goeds kan kom van 'n besoek in tannie Pippa se kantoor nie.

"Is ek in die moeilikheid, tannie, het ek iets verkeerds gedoen?" wil Lexi bekommerd weet.

Pippa staan op van agter die lessenaar, gaan sit oorkant Lexi. "Lexi, wat ek nou vir jou gaan sê gaan jou ontstel, maar ek wil hê jy moet probeer kalm bly en mooi luister na wat ek vir jou moet vertel," begin Pippa onseker.

Lexi hou van die lywige vrou wat haar met 'n omhelsing die eerste dag ontvang het, maar nou lyk die altyd selfversekerde tannie ook bekommerd.

"Daar het 'n prokureur vanuit Hermanus gebel." Prokureur? Dit het sekerlik met haar ma se boedel te doen, dink Lexi. Maar wat tannie Pippa daarna kwytraak, kon Lexi nie glo nie.

"Hy het gebel in verband met jou pa," sê Pippa sag

"My Pa? Ek het nie 'n pa nie, ek ken geen 'n pa nie!" Lexi spring verward uit die stoel. Sy kan nie verstaan wat tannie Pippa probeer sê nie.

"Lexi, luister nou kind, kom sit hier by my," probeer Pippa paai.

Lexi kom sit weer in haar stoel.

"Die prokureur het my ingelig oor jou pa, kinta, hy sê jou pa was in 'n noodlottige motorongeluk, en het in sy testament melding van jou gemaak."

"Hoe bedoel tannie? Ek het 'n pa en dan weer skielik nie! Waar was hy al die tyd as hy van my bestaan geweet het? Hoekom moet ek nou uitvind, noudat hy dood is? Ek verstaan dit nie, tannie ... hoekom nóú eers!"

"Wag nou kinta, laat ek aan jou verduidelik," sê Pippa moederlik en probeer vir Lexi kalmeer deur haar styf vas te hou.

Lexi begin jammerlik huil. Pippa voel magteloos en jammer vir die arme kind.

"Lexi, luister nou na my, die prokureur se naam is Mnr. September, hy hanteer jou pa se testament." Pippa probeer so taktvol as moontlik hierdie boodskap oordra.

"Jou pa se wens was om jou op te soek, maar nou stipuleer hy dat sy vrou na jou moet omsien, want dit blyk dat hy van jou ma se afsterwe kennis gedra het."

Lexi kan eenvoudig nie glo wat sy hoor nie.

"Meneer September wil hê jy en jou oorlede pa se vrou moet so gou moontlik 'n ontmoeting reël, want sy is nou jou wettige voog."

Niks dring deur tot Lexi nie. Sy wil ook nie verder luister nie, haar kop is te deurmekaar. Sy spring op, hardloop by die kantoor uit met Pippa kort op haar hakke.

Die verkeer is besig. Dihana kan glad nie konsentreer op die pad voor haar nie. Toe haar foon op die passasiersitplek lui ry sy byna in die motor voor haar vas.

Bewerig trek sy teen die pad af, steeds in ongeloof oor wat hul prokureur haar nou net meegedeel het.

Jonathan het 'n sestien jarige buite-egtelike dogter waarvan hy vir niemand vertel het nie, maar die vermetelheid het om in sy testament aan te dring dat Dihana die kind moet opsoek en versorg soos haar eie, aangesien hy onlangs te wete gekom het dat die kind se ma afgesterf het.

Haar naam is Lexi, hul prokureur het haar opgespoor in Mispa Kinderhuis in die stad. Die arme kind, sy kan nie vir die kind kwaad wees nie.

As sy Jonathan nou in die hande kon kry, sou sy hom wraggies weer die ewigheid ingehelp het. As hy van die kind se bestaan geweet het, hoekom het hy

40

nooit vir haar gesorg nie, probeer opspoor, 'n pa vir haar probeer wees nie!

Watter soort man doen so iets?

Nog steeds in 'n dwaal beantwoord sy die foon vererg toe dit vir 'n tweede keer skril lui. "Hallo!"

Hassen se stem is ewe ongeduldig aan die ander kant. "Hel Dihana, ons sit hier bekommerd oor jou, en jy byt my kop af!"

Sy voel dadelik sleg dat sy die foon kortaf beantwoord het. "Ag Hassen, kan jy my blameer na die nuus wat ek vandag moes hoor, ek was nie voorbereid daarop nie, hoe kon ek wees! Ek hoop eintlik dat dit 'n nare droom was," bars sy los. Sy het hulle dadelik gebel met die aardskuddende nuus na haar vergadering met die prokureur.

Hassen gee 'n sug, en druk die foon dood.

Diane sien deur die sitkamervenster Dihana se kar in die oprit stilhou en haar hart gaan uit na die dogter van haar. Hoe kan die noodlot so wreed wees teenoor een mens, Dihana verdien dit nie. Gelukkig kry sy genoeg ondersteuning van Hassen en Brent.

Sy wag Dihana met uitgestrekte arms in en druk haar styf teen haar vas. Die lyf wat sy teen haar voel is veel skraler as 'n tydjie gelede en Diane kan nie anders as om haar te bekommer oor haar dogter nie.

Dihana klou aan haar ma vas soos toe sy nog 'n kind was en huil haar hart uit op Diane se skouer.

"Dihana, bedaar nou my kind, jy gaan jouself mal maak as jy so aangaan. Kom sit dan maak mammie vir jou 'n lekker sterk koppie kamille tee."

Dihana glimlag vir haar ma. Dit was altyd hulle twee se bederf, kamille tee. Hand aan hand stap hul kombuis toe.

Op daardie oomblik kom Hassen en Brent ook by die kombuis ingestap.

"Ons maak kamilletee, wil jul ook hê?" vra Diane

"Hoekom juis kamilletee?" wil Brent nuuskierig weet.

Ma en dogter vertel sommer so in een asem van die tradisie wat hulle twee geskep het om kamilletee te drink as die lewe bietjie druk en dinge vir hul te veel raak.

Dit het hulle twee oor die jare na aan mekaar laat voel, al was hul myle van mekaar. As hulle op dieselfde tydstip daardie koppie tee drink, kon hul enigiets oorkom.

Hulle vier stap met hulle koppies stomende tee na die sonnige voorkamer. Daar heers 'n doodse stilte tussen hulle, te bang om die atmosfeer te versteur.

Hulle het net gaan sit toe die deurklokkie lui. Diane gaan maak die deur oop en toe Dihana opkyk, loer Cole om die muur van die voorportaal.

Stilletjies maak die ander hul uit die voete en ewe skielik is Dihana en Cole alleen in die vertrek.

Sy kan haar oë nie van hierdie man af hou nie. Dis 'n sonde om so aantreklik te wees.

Dihana kom agter dat haar hart vinniger begin klop. Sy het gedink sy gaan hom nooit weer sien nie, en hier staan hy nou in die vlees voor haar.

Sy vertrou nie haar bene of haar stem op daardie oomblik nie en wys vir hom om langs haar op die bank te kom sit. Dit voel sowaar soos fladderende vlinders in haar maag.

Ruk jou reg Dihana Swanepoel, jy't jou man so pas begrawe, kom 'n knaende skuldgevoel na vore.

"Ek is jammer dat ek die vorige keer so vertrek het sonder verduideliking, maar ek het so oorweldig gevoel en uit my comfort-zone, dat ek nie geweet het wat om te sê nie. Jy het seker gedink ek is gek," begin Cole onophoudelik babbel.

Genadiglik word hy onderbreek deur Brent wat die vertrek binnekom met 'n skinkbord beskuit en natuurlik 'n koppie immergewilde kamilletee. Diane volg kort op Brent se hakke. Sy hou van die jongman met sy innemende persoonlikheid, wat weer 'n glimlag op haar dogter se gesig kom sit.

"Gaan jy saam met ons aandete geniet Cole, ek het.my beroemde Chicken alla Diane gemaak, en sal graag wil hê jy moet sê wat jy daarvan dink," nooi Diane hom vir Dihana se onthalwe. Sy hou Dihana se gesig dop en kan sien sy wag angstig vir 'n antwoord.

"As mevrou dink my opinie sal gewig dra, aanvaar ek graag die aanbod. Ek sien uit daarna."

Dit lyk asof Dihana wil gil van plesier, maar haar met moeite inhou.

Hoofstuk 7

Na 'n gesellige maaltyd op die agterstoep, beweeg almal na binne toe 'n ysige windjie opsteek. Dihana hoor haar foon in die kamer lui en haas haar daarheen om die oproep te beantwoord.

"Dihana Swanepoel, goeiemiddag."

Sy is van stryk gebring deur die tingerige stemmetjie aan die ander kant vol huil en hartseer.

"Middag tannie, ek's Lexi."

Dihana se mond word kurkdroog. In 'n oogwink word sy yskoud, begin onophoudelik bewe van skok toe sy Jonathan se wegsteek-kind se stem hoor.

Dihana weet die kind wag dat sy iets moet sê, maar haar verstand is meteens dolleeg. Wat sê sy vir die vreemde kind? Verbouereerd beëindig sy die oproep, sak op die bed neer terwyl trane van seer oor haar gesig en in haar nek af loop.

Jonathan het haar nooit geluk gegun nie en hy het seker gemaak dat sy vir die res van haar lewe nie gelukkig sal wees nie. Sy wens hy brand in die hel vir wat hy haar aangedoen het, sy haat hom met 'n passie wat haar verstand oorweldig.

Sy droog haar trane af en gaan was haar gesig in die badkamer.

Hoe gaan sy ooit vir Cole kan liefkry met die als verterende haat wat sy in haar ronddra, wonder sy terwyl sy vir haar spieëlbeeld probeer glimlag. Toe sy uit die badkamer kom lui die foon weer. Dihana staal haar voor sy die foon beantwoord, maar is verbaas om haar prokureur se stem aan die ander kant te hoor.

"Dihana, ek het so pas 'n oproep van die matrone van Mispa-kinderhuis ontvang."

Dihana luister aandagtig.

"Sy sê Lexi het jou 'n paar minute terug-geskakel, maar jy het die foon doodgedruk, is dit waar?"

Dihana hou nie daarvan om in hoek gedruk te word nie en vererg haar oombliklik, maar toe sy dink aan die kind se hartseer stem kry sy dadelik skaam.

"Ja, ek het die foon doodgedruk, maar dit was van skok. Ek weet nie hoe om hierdie situasie te hanteer nie, die hele storie is een groot gemors," probeer sy haar optrede regverdig.

Dihana sug moedeloos toe die prokureur vir haar, sonder om doekies om te draai, sê dat sy maar net aan die situasie gewoond moet raak ter wille van die ouerlose tienermeisie.

Met hierdie woorde sê hulle styf totsiens. Dihana smyt die foon gefrustreerd neer. Sy wens dat sy nou iets kon drink vir die bekende gevoel van angs wat in haar posvat. Sy dink aan die aand by haar kombuistafel, toe sy dit goed gedink het om haar lewe te neem. Hoekom het sy nie voort gegaan met haar plan nie?

Die pille het sy onlangs met sigarette vervang. Die gaan grawe sy onder haar matras uit, sluip saggies buitentoe en gaan sit in die tuin.

Dis al skemer en die hemel is oop bokant haar. Sy steek die sigaret aan, hoes effens toe sy die rook inasem, maar die hoes bedaar geleidelik.

Aankomende voetstappe laat haar verskrik opkyk, maar glimlag verlig toe Cole daar staan met sy hande as vredesgebaar in die lug.

Sy laat val die sigaret op die grond, druk dit onder haar skoensool dood en skuif om vir hom plek op die bankie te maak. Saam sit hulle twee in stilte in hul eie gedagtes versonke.

Dihana skrik eers toe sy Cole se hand op hare voel rus, maar dan vleg haar vingers met genoegdoening tussen sy vingers in. Nog nooit het sy hierdie gevoel beleef nie, en sy giggel soos 'n verspotte tiener teen Cole se skouer.

"Dihana, ek weet dis heeltemal te gou na jou man se dood, maar ek wil jou graag beter leer ken, jou vriend wees. Ek voel so rustig by jou, jy trek my soos 'n magneet aan, jy laat my soos 'n nuwe mens voel," lê Cole sy hele hart voor haar neer.

Hy wil haar beskerm teen die seer wat sy op die oomblik ervaar en opmaak vir al die geluk wat haar ontneem is. Cole neem haar in sy arms.

Vir 'n wyle sit hul so, verdiep in die kosbare oomblik.

Na Cole huis toe is en almal gebad en gestort het, sit die huisgenote elk snoesig in kamerjasse op die stoep. Die see klink onstuimig in die verte.

Hassen het besluit om alle besprekings vir die komende paar dae te kanselleer, sodat hy en Brent haar beter kan ondersteun.

Sy het intussen besluit om haar bedanking in te dien, dit was moeilik, want sy het gelewe vir haar beroep en haar leerders. Maar dit is vir haar duidelik dat 'n nuwe hoofstuk in haar lewe besig is om te ontvou, en dat sy genoeg plek moet inruim daarvoor.

Dihana het vir almal vertel van Lexi en die prokureur se oproepe, en na hulle haar die leviete voorgelees het omdat sy nie met die meisie wou praat nie, besluit sy om Lexi die volgende oggend terug te skakel.

Wat gaan sy vir die kind sê? *Jammer dat ek soos 'n stout kind die foon in jou oor neergesit het, maar jy gee my die creeps?*

Daaraan gaan sy liewer eers môre weer dink.

Dihana maak haar oë behaaglik toe en sit agteroor met haar bene onder haar ingevou. Sy bring die beker stomende sjokoladedrankie nader na haar mond, neem 'n versigtige slukkie en laat die warm vloeistof haar liggaam opwarm. Sy glimlag aan die gedagte van haar in Cole se arms.

Toe sy die sagte giggel hoor, besef sy dat almal na haar kyk. Sy bloos bloedrooi, dit voel vir haar asof hulle haar gedagtes kan lees en sy kruip agter haar beker weg.

Haar foon lui meteens hier langs haar, en almal kyk verbaas daarna. *Wie bel dié tyd van die aand, behalwe vir sterfte, siekte of moeilikheid.*

47

Die ontydige oproep is matrone Pippa van Mispa Kinderhuis. Lexi het spoorloos verdwyn en die matrone is rasend van bekommernis.

Dihana kan ineenkrimp van skaamte en spyt. Veral sý van alle mense, moes weet wat verwerping aan 'n mens kan doen. As dit vir 'n grootmens moeilik is dit om te hanteer, wat nog te sê van 'n verwarde, wees gelate tiener. Die skuldgevoel wil haar van binne verteer, sy moes dadelik teruggebel het na sy die foon in Lexi se oor doodgedruk het.

Aangesien Dihana haar wettige voog is, het Pippa haar aangeraai om dadelik na die kinderhuis te kom. Vinnig is almal uit hul kamerjasse en slaapklere.

Daar word inderhaas oornagtasse gepak, hul moet nog vanaand in Goodwood uitkom om te help soek. As dit nie vir haar selfsugtigheid was nie, sou die kind nooit weggeloop het nie.

Spoedig sit die viertal in Hassen se ruim motor. Dit gaan 'n lang nag wees.

Hoofstuk 8

Pippa sit op haar klein voorstoepie. Geklee in 'n sagte pienk sweetpak en tekkies, lyk sy baie jonger as haar sewe en sestig jaar, maar vanaand voel sy veel ouer.

Vir die afgelope dertig jaar is sy matrone by Mispa Kinderhuis. Dis hier waar sy haar tuiste gemaak het in die aanliggende kothuis.

As gevolg van die aard van haar werk, kom sy met baie persoonlikhede van kinders en jongmense te staan, en word dikwels emosioneel betrokke in hul trauma. Hoe anders? Die kinders wat hierheen gestuur word is letterlik weggegooi deur die samelewing, en die mense wie vir hul moes omgee en beskerm.

So is dit ook nou met Lexi.

Haar lewe was reeds so omvêrgegooi, toe kom die skok-ontdekking dat haar biologiese pa geweet het van haar bestaan en nooit die moeite gedoen het om haar op te soek nie. Nou word die verantwoordelikheid op sy weduwee-vrou afskuif.

Die arme kind het seker verwerp gevoel, daarom neem Pippa haar geensins kwalik dat sy die hasepad gekies het nie.

Sy het sovêr sy kan Lexi se verdwyning geheim gehou van die ander kinders in die kinderhuis, anders is dit chaos. Gelukkig het Lexi nog min vriende gemaak, en sal niemand dit vreemd vind as sy nie vandag gaan opdaag vir klas nie, behalwe sekerlik die opvoeders.

Mevrou Swanepoel behoort nou enige oomblik haar opwagting te maak. Pippa is rasend van bekommernis, haar grootste vrees is dat Lexi haar hand aan haar lewe gesit het.

Toe sy die speurder se motor sien aankom op die geplaveide ingang van die kinderhuis, stap sy by die trappies af om hom te ontvang.

Sy is verbaas toe sy Jenny, die prinsipaal van die skool wat ook op die perseel geleë is, vanuit haar wooneenheid se rigting aangestap sien kom. Dis al laat in die aand, Pippa sou dink dat Jenny lank reeds slaap.

Pippa en Jenny is jarelange kollegas, en het ook 'n hegte vriendskap gebou.

"Goeienaand dames, ek is Speurder Heradien," groet die speurder gemaak opgewek en gee elk van die twee vrouens 'n stewige handdruk.

Sy nooi hom na binne terwyl sy haarself en Jenny aan die speurder voorstel. Hy gee die stukkie bont lap met Lexi se naam in geel sierletters gestik op die randjie vir Pippa aan. Sy herken dit dadelik as die bandanna waaraan die kind so geheg was.

Haradien noem dat die bandanna by 'n nabygeleë treinstasie gevind is.

"Sy is reeds as vermis aangemeld by die Buro vir Vermiste Persone," kondig hy aan. "As u enige ander identifisering-kenmerke kan onthou, soos

50

byvoorbeeld letsels of 'n tatoeëermerk, sal dit reeds baie help."

Speurder Heradien se gesigsuitdrukking is so simpatiek dat Pippa se bekommernis net erger word. "Ons wag net vir Lexi se voog, mevrou Dihana Swanepoel, sy behoort binne die volgende paar minute hier te wees."

"Onthou om ook 'n lys saam te stel van lengte, ouderdom, haarkleur en oogkleur."

Sy sien die speurder op die stoep af en spreek af om binnekort by die polisiestasie aan te meld. Pippa kan voel hoe die angstigheid in haar opwel. Sy kan skaars wag vir die koms van mevrou Swanepoel en haar geselskap.

Wat haar die meeste bekommer, is dat Lexi genoeg geld tot haar beskikking het om op enige plek te gaan wegkruip sonder om weer gevind te word.

Die motor se GPS kondig aan dat hulle by die volgende stop moet links draai en dan sal hulle hul bestemming aan die regterkant vind. Hassen vryf oor sy moeë oë en sug verlig. Hy is nagblind, daarom hou nie daarvan om in die donker te ry nie, maar genadiglik het hulle dit gemaak tot hier.

Toe hulle voor Mispa Kinderhuis kom, gaan die swaar elektriese hek outomaties oop en die motor met sy moeë insittendes ry by die geplaveide paadjie op. Die kinderhuis is in tradisionele Victoriaanse styl gebou en staan aan die bokant van 'n heuwel.

Dihana is so beïndruk met die voorkoms van die kinderhuis, dat sy vir 'n oomblik vergeet waarvoor sy daar is.

51

Vanuit 'n oulike huisie weggesteek agter 'n digte bos dennebome, stap twee pragtige vroue, omtrent Diane se ouderdom, hulle tegemoet. Dihana wonder vir 'n oomblik wie van die twee dames die matrone van die kinderhuis is.

Na die bekendstellings afgehandel is, nooi Pippa hulle na haar gesellige huisie. Op die eetkamer tafel het Pippa vir hulle southappies en drinkgoed gereed gehou.

"Val weg, voor die kossies koud word, julle moet julle kragte opbou, daar wag 'n tawwe tyd vir ons almal voor," nooi Pippa hulle onnodig uit, want hulle sit reeds lankal aan, uitgehonger na die lang rit.

Terwyl hulle eet vertel Pippa vir hulle van speurder Heradien se besoek, en wys vir hulle die bandanna wat die polisie op die stasie gevind het. Waar Lexi ook al is, dit is miskien baie ver hiervandaan.

McDonalds is vol en aan die gang. Mense op pad werk toe, skoliere met hemde wat uithang wie duidelik nie op pad skool toe is nie. Lexi trek haar pet dieper oor gesig en wag in die ry agter 'n raserige klomp tienermeisies met lipstiffie besmeerde lippe en los hare.

Hulle kyk haar snedig aan, want teen die tyd lyk en ruik sy seker nie te aangenaam nie. . Sy stap verby die jillende groepie meisies en verlaat die restaurant met haar kos onder haar blad en roomys in haar linkerhand, haar pet diep oor haar gesig.

Buite vroetel sy in haar sak vir haar selfoon. Die selfoon en haar skootrekenaar is die mees waardevolste besittings wat sy oor het van haar "vorige" lewe.

Sy wil huis toe gaan. Daar waar sy tuis gevoel het, waar haar ma nog laas was. Die huis staan lank leeg, sy weet. Totdat sy oud genoeg en selfversorgend sal wees om die huis te bewoon.

As sy in Vishoek wil uitkom voor donker sal sy vervoer moet kry. Gelukkig kan sy gebruik van die restaurant se Wi-Fi om 'n Uber te bestel. Sy skrik haar byna boeglam toe sy die prys van Goodwood na Vishoek sien, maar sy sal net moet opdok as sy hul huis weer wil sien.

Hoe verlang sy nie na haar ma nie, om net nog een keer langs haar te lê en haar reuk van verf, terpentyn en parfuum diep in te asem. Soos gewoonlik val die trane onwillekeurig oor haar wange.

Sy gaan sit in die parkeerterrein onder 'n boompie met skamele skaduwee om haar wegneemete te verorber.

Lexi hap die burger dat die sous by haar mond afloop, binne 'n paar happe is als op. Die son begin steek en sy staan van die warm grond af op. Dis al verby eenuur, dit sal nie baat om hier te sit en wag vir beter dae nie.

Die roomys het al amper weggesmelt. Sy lek vinnig, maar die meeste van die roomys waai in haar gesig. Sy is op die ou end taai gesukkel om dit uit haar hare te hou en haar hande en hare sit nou aanmekaar vas.

Dis hoe hy op haar afkom, met sous en roomys in hande en hare, en geen manier om dit af te kry nie. Die eerste ding wat sy van hom raaksien, is sy stewige arms in sy stywe wit hemp en sy groot hande waarin hy 'n groot McDonalds kardoessak vashou.

Sy dikraambril doen geen afbreek aan sy aantreklike gesig nie, bring liewer daardie donker oë van hom na vore.

Toe sy glimlag in 'n lag verander, kan Lexi die duiweltjies in sy oë sien dans. Sy moes saam lag, want sy lag is aansteeklik. Hy sit sy sak op die grond neer en probeer haar help om haar hande van haar hare los te kry.

"Ek is so jammer, dit was rerig nie nodig om jou lunch te onderbreek oor ek clumsy is nie." Lexi babbel verbouereerd met kokende wange, terwyl "hunk galore" homself skynbaar vreeslik verlustig in haar verleentheid!

"Dis eintlik jy wat my red, juffrou Clumsy," sê meneer Spiere.

"Ek het gister begin werk oorkant die pad by 'n Graphic Design company, en is eintlik nou hul amptelike *Errand*-boy, ek sal enige iets doen om 'n paar minute langer daar weg te bly. Dis hel, maar ek kla nie, ek is net te dankbaar dat ek 'n kans gekry het om by hulle te werk." blurt hy sommer in een asem uit. Dit laat Lexi al te lekker kraai, want hy lyk beslis op hol gejaag.

Hy lei haar na 'n bankie onder 'n groot boom, sy kan nie glo dat sy nie die boom vroeër raakgesien het nie! Hulle twee gaan sit laggend op die verweerde bankie. Meneer Spiere sit die kardoessak op die grond neer, terwyl sy haar skootrekenaarsak versigtig langs die bankie staanmaak.

Toe hy weer orent kom, steek hy plegtig sy regterhand na haar toe uit. "Ek is Clint, by the way, en jy is?"

Sy smeer eers die laaste vuiligheid van haar hande af, voor sy haar vingers om syne vou. "Lexi."

"So Lexi, as ek dit nie mis het nie, moet jy op pad wees na een of ander varsity of kollege, so hoekom hang jy rond in McDonalds se parking lot, of is ek bietjie voorbarig om dit te vra?"

Sy weet vir 'n oomblik nie wat om vir Clint te sê nie, en staan sonder meer op en trek haar vingers verbouereerd deur haar taai bos hare.

"Ek moet gaan, my Uber is op pad." Sy gryp haar sakke en wil opstaan, maar hy druk haar saggies terug op die bankie.

"Hokaai, ek is jammer as ek iets gesê het om jou te offend, dit was nie my bedoeling nie. Ek wou jou nie wegjaag nie, maar as jy laat is vir 'n afspraak sal ek jou nie langer ophou nie. Ek moet anyway die designers se lunch vir hulle neem."

Altwee staan gelyk op en staan onseker vir mekaar en kyk.

"Ek sal jou graag weer wil sien, as dit okay is met jou, miskien het jy binnekort weer iemand nodig om jou hande uit jou hare te kry. Kan ons nommers uitruil, in case jy weer van my dienste gebruik wil maak," sê hy met 'n knipoog en 'n glimlag.

Sy is doodseker daardie glimlag het hom al menigte se nommers besorg. Maar sy het geen vriende of vriendinne meer nie, en Clint as 'n vriend sal seker nie skade doen nie.

Hy maak die deur van die Uber vir haar oop. Terwyl Lexi wegry het sy 'n magdom emosies van hartseer, verlange en 'n ongekende vreugde wat deur haar liggaam bruis en borrel.

Hoofstuk 9

Dihana voel lewensmoeg, die dag was eindeloos. Gelukkig het Pippa vir hul slaapplek aangebied vir die komende paar dae. Haar ma is reeds lankal in droomland.

Sy trek haar japon en pantoffels aan en maak saggies die deur oop om haar nie wakker te maak nie. Sy hoop dat al die inligting wat Pippa en Jenny vandag vir die speurder gegee het, ten minste van hulp sal wees. Hy was bly om te hoor dat Lexi haar selfoon en kredietkaart by haar het. As sy die kaart gebruik, sal dit makliker wees om haar op te spoor.

Hulle het nog nie eens ontmoet nie en sy het alreeds die kind die hasepad laat kies. Maar die kersie op die koek was Cole, wat soos 'n wafferse ridder op 'n wit perd haar van haar voete af kom verras het vroeg vanoggend. Klaarblyklik het die res van die geselskap geweet van die onverwagse besoek, want hul was glad nie verbaas oor sy teenwoordigheid nie.

In die gang kom hy met twee koppies stomende koffie aangestap. Hy het sy slaapbroek aan en twee paar gespierde bene steek onder uit. Sy het nie verwag om in enigiemand vas te loop nie, en pluk selfbewus aan haar deurmekaar hare.

"Slaap jou ma al?"

"Ja, lankal."

Sy stap vinnig verby hom na die klein sitkamertjie en gaan sit met opset op die gemakstoel.

"So wat dink jy, is dit 'n hopelose situasie waarin ons is, of is daar darem 'n skraal kans dat ons haar kan kry?"

Cole kyk haar ondersoekend aan waar hy besig is om die radio aan te skakel. "Ek is seker ons sal, ons moet net positief bly."

'n Klop aan die deur laat altwee skrik. Cole gaan om die deur oop te maak. Speurder Heradien kom agter hom die sitkamer binnegestap.

"Goeie nuus mense," val hy sommer met die deur in die huis. "Ons het haar opgespoor. Sy is in Vishoek by haar ouerhuis. Ons het 'n vermoede gehad dat sy daarheen kon gaan. Sy het 'n Uber vanoggend gehuur, en met haar kredietkaart betaal. Sal julle omgee om ons te vergesel daarheen om haar te gaan haal?"

Dihana se verstand prosesseer vinnig die inligting en haar ledemate spring in werking. Sy val die oorblufte speurder om die hals van verligting, staan toe verleë terug om in Cole se arms haar tuis te maak.

"Natuurlik sal ons saamgaan!" Dihana en Cole hardloop in die gang af om die welkome nuus aan hul slapende huismaats oor te dra. Binne sekondes is die huis in rep en roer en almal staan gereed in die sitkamer om saam te gaan.

Speurder Heradien stel egter voor dat net Pippa en Dihana saam gaan om Lexi nie te oorweldig nie.

"Aangesien ons nie weet in watter mindset Lexi is nie, is dit veiliger om iemand bekend daar te hê en nie te veel onbekendes nie. Ons sal haar veilig terugbesorg," belowe hy plegtig.

Vir Lexi is dit wonderlik om weer langs die see te ry. Die stalletjies met hul kleurvolle doeke en handgemaakte ornamente was altyd vir haar so interessant.

Lexi het ook soms natuurtonele geverf, dan het sy en haar ma dit naweke hier op die strand vir die lekker kom verkwansel vir 'n appel en 'n ei. Dit was groot pret. Daarna het hul gaan eet by 'n restaurant van Lexi se keuse.

Van die oomblik wat Lexi voor hul huis gestop het, het sy nog nie ophou huil nie. Hoe kan mens se lewe so drasties verander? Die tuin is in 'n toestand, die gras is horingdroog en al die blomme en struike lê plat en verlep.

Die huis lyk ook nie veel beter nie, dit lyk amper soos 'n spookhuis waarvan mens in rillers lees.

Sy het by die versteekte deur wat aan die agterkant van die huis aangebring is ingesluip. Dit is 'n klein deurtjie sowat 'n meter hoog, wat versteek is agter 'n turksvybos.

Hulle het dit nie baie gebruik nie, dit was net daar vir noodgevalle, as hulle om een of ander rede nie by die huis kon inkom nie, of as hulle binne-in die huis aangeval sou word, en moes uitgaan. Daar moet drie keer teen geskop word voor dit wegskuif, en dit skuif weer toe as jy binne, of buite is.

Haar ma was 'n eienaardige mens, was mal oor geheime ingange en doolhowe. Sy kon vir ure blokraaisels en sudoku's sit en uitwerk, veral as sy artist block gehad het. Soms het sy haarself vir dae in haar studio toegesluit as sy uiteindelik 'n breakthrough gehad het.

Tydens daardie tyd was Lexi op haarself aangewese. Daar was geen huishulpe of tuiniers nie, haar ma was 'n baie private mens, sy het nie vreemdelinge in haar huis geduld nie. Dus moes Lexi kos maak, klere was en sorg dat huis min of meer skaflik lyk.

Maar haar ma se skilderye was gesog en het vir duisende verkoop. Lexi het dus nie gekla nie, want dit was alles die moeite werd. Na so 'n uitmergelende ritueel en na die skilderye waaraan geswoeg was uitgestal en verkoop was, het hulle twee opgepak en na 'n nuwe kontinent gereis waar die weer perfek was en hulle hul kon verlustig in nuwe avonture en in mekaar.

Sy stap die huis binne en asem onmiddellik daardie bekende reuk van hul huis in. Die deur loop uit in die kombuis. Lexi laat gly haar vingers oor die dik eikehoutblad in die middel van die kombuis. 'n Dik laag stof bedek die oppervlak.

Dit is hier waar sy haar skooltake bedags voltooi het terwyl haar ma een of ander eksotiese dis voorberei het.

Sy kan haar ma aanvoel hier, dis asof sy hier by haar is, langs haar staan.

"Ma!" roep Lexi skor uit. Dis 'n diep hartseer klank wat haar hart laat pyn van verlange. Sy val neer op die harde koue teëls terwyl rou, hortende snikke uit haar keel ontsnap.

Sy moes haar aan die slaap gehuil het, want toe sy wakker skrik is dit donker om haar. Sy vroetel weer vir haar selfoon in haar sak om lig te maak.

Lexi haat die donker. In die kinderhuis moes sy leer om in die donker te slaap. Sy besef dat dit nie 'n goeie idee sal wees om die ligte aan te skakel nie. As iemand sou sien dat daar ligte brand, sal hulle dadelik onraad bemerk.

Hongerpyne knaag aan haar. Gelukkig het sy op pad hierheen brood, melk en kaas gekoop. Sy sit regop teen die eiland in die kombuis en grawe haar inkopies uit haar sak uit, sit en eet net daar stukkies kaas en 'n paar snye brood. Die melk drink sy sommer netso uit die houer.

Nadat sy versadig is, kom sy regop om die res van die huis in semi-donkerte te deursoek. Alles is nog net soos haar ma dit gelos het, meubels, ornamente, gordyne en skilderye.

As Lexi agtien is, sal hier kan kom bly, sal sy vry wees om haar eie besluite te neem. Maar terwyl niemand vermoed sy is hier nie, sal sy hier bly, dit is tog haar huis.

Sy gaan na haar slaapkamer met die trappe op. Die stowwerigheid laat haar neus jeuk, maar sy gaan krul haar op op haar bed, en sy is spoedig in droomland.

Lexi skrik wakker met die geluid van motordeure wat toeklap. Blou ligte skyn by die vensters in. Slaperig gaan sy na die hoekvenster om uit te vind wat aan die gang is. Sy is net betyds om te sien hoe drie figure met die oprit opgestap kom.

Daar is 'n man en twee vroue. Die een vrou is onbekend aan haar, maar die ander een is ongetwyfeld tannie Pippa van die kinderhuis.

"So gaan julle my nie onkant betrap nie," sê Lexi vasberade aan haarself, en sluip versigtig by die trappe af. In die donker voel sy haar weg na waar sy haar sak en skootrekenaar gelos het.

Hier sal sy moet uit voor daardie drie die huis binnestorm. Met die eerste klop aan die voordeur is sy reeds halfpad na die geheime deur, en toe hulle die huis betree, staan sy buite.

Gebukkend hardloop sy om die huis tot by die oprit, in die hoop dat niemand haar gewaar nie. Sy loop verby die motors waarmee die drie daar aangekom het en oorweeg dit vir 'n oomblik om die bande pap te steek, maar besluit daarteen. Toe sy in die beligte straat kom, haal sy haar selfoon uit om 'n oproep te maak. Na 'n paar mislukte probeerslae, wil sy net weer die foon dooddruk, toe hy antwoord.

"Is this a social call, or strictly business," skerts Clint met 'n breë glimlag op sy bakkies en 'n handdoek om sy middel. Hy het die foon hoor lui toe hy die krane van die stort toedraai.

Vandat hy Lexi vanoggend ontmoet het, kon hy haar nie uit sy gedagtes kry nie. Hy het seker 'n miljoen keer die foon opgetel om haar te bel, maar sy moed het hom elke keer begewe.

"Ek sit weer met my hande in my hare."

'n Oorweldigende gevoel om haar ten alle koste te beskerm vloei deur sy liggaam, terwyl hy na haar vinnige asemhaling aan die ander kant luister.

"Waar is jy meisiekind, dit klink asof jy loop, dis al so laat, waarheen is jy op pad?" vra Clint 'n reeks vrae agtermekaar, want dit voel vir hom asof iets nie pluis is nie.

Toe hy sagte snikke hoor weet hy sy instinkte was reg en die hare op sy arms rys onmiddellik.

"Lexi, praat met my, moet ek jou kom haal? Sê my net waar jy is!" Hy probeer hard kalm bly, maar sy maak dit nie maklik nie, want sy huil nou onophoudelik.

"Kom haal my asseblief," hoor hy uiteindelik deur 'n warboel snikke.

"Stuur jou PIN-location."

Hy weet nie wat dit is omtrent Lexi nie, maar hy vind homself verskriklik aangetrokke tot haar, al is sy letterlik 'n wildvreemdeling en al is hy oënskynlik 'n paar jaar ouer as sy.

Bygesê, hy is ook nie die impulsiewe soort nie. 'n Saak moet eers van alle kante bekyk word voor hy uiteindelik 'n besluit kan neem. Met Lexi is dit anders. Toe sy bel, klim hy eenvoudig in sy kar om tot haar redding te kom.

Nie eens die skielike bui reën kan hom keer nie. Al wat hy weet is dat sy hom nodig het, en hy enigiets sal doen om haar te beskerm. Dit is 'n onbeskryflike gevoel.

Die reën belemmer sy sig effens, maar daar voor sien hy haar. Verwese, nat en alleen in die stikdonker. Toe hy langs haar tot stilstand kom, spring hy uit, gooi sy reënbaadjie oor haar skraal skouers. Donker haarslierte omring haar gesig.

Clint lei haar na sy kar en maak haar sit in die passasierskant. Die verwarmer is reeds aan, die binnekant van die kar is knus en warm.

In stilte ry hul al vêrder weg van die onbekende plek waar hy Lexi opgetel het.

Clint wil weet wat aan die gang is, maar weet ook dat hy sal moet wag vir antwoorde. Tot dan is die wete dat sy veilig is genoeg, die res is nie nou van belang nie.

Dihana kon haar teleurstelling nie wegsteek toe hul Lexi nie by haar ouerhuis kon vind nie. Sy was wel daar, dit weet hul verseker, maar waar sy nou is, is 'n raaisel. Intussen het daar verskillende organisasies hulp kom aanbied om haar op te spoor. Nie winsgewende organisasies wat hul tyd, hulpbronne en hulself opoffer om seker te maak dat inligting versprei word om soveel as moontlik mense te bereik. Van Pink Ladies, POWA, Missing Children SA tot die Geslagsgebaseerde Geweld Bevelsentrum.

Die hoeveelheid kinders wat jaarliks spoorloos verdwyn, is verstommend. Tieners tussen die ouderdomme van dertien tot sewentien, soos Lexi, word die meeste as vermis aangemeld.

Dat jy vier en twintig uur moet wag om 'n vermiste persoon by die Buro vir Vermiste Persone aan te meld is 'n mite. Hoe gouer jy dit aanmeld, hoe vinniger kan daar begin soek word.

Vandag is 'n besige dag by die kinderhuis. Om te verhoed dat daar onnodig tyd gemors word, indien een van die kinders weer vermis sou word, het die organisasies besluit om 'n inligtingsprofiel van elke kind op te stel.

Dit is waarmee hul vandag besig is.

Al die kinders by die kinderhuis is deel van die operasie. Selfs lede van die publiek is genooi om 'n inligtingsprofiel van hul kinders te kom opstel. Vingerafdrukke word geneem, hulle word geweeg, gemeet. Haarkleur, oogkleur, liggaamsbou, littekens of geboortemerke word alles in die profiele ingevoer. Hierdie profiele moet elke drie maande opdateer word.

Daar is ook 'n demonstrasie deur een van die organisasies gedoen om bewusmaking te kweek oor wat jou te doen staan as jy ooit in 'n onveilig situasie beland, en jy bedreig voel in 'n publieke plek.

Dihana is dankbaar dat hul deel kan wees van hierdie wonderlike inisiatief.

As hul net 'n leidraad kon vind om Lexi op te spoor, dit is tog die rede hoekom hul hier is.

Met elke sekonde wat verby tik, voel dit meer onmoontlik dat hul haar ooit gaan kry.

Die rustige musiek wat die kar vul, streel Lexi se onstuimige gemoed. Sy is in die grootste moeilikheid! Die hele wêreld is sekerlik opsoek na haar. Wat anders kon sy doen as om weg te kom van al die vernedering en verwerping?

Sy voel soos 'n weggooiding, wat niemand wil hê nie. Clint was haar enigste hoop, sy kan nie bekostig om hom ook nou te verloor nie. Sy is so dankbaar dat hy ingestem het om haar te kom haal.

Wat sou sy doen as sy hom nie vanmiddag ontmoet het nie. Haar lewe hang aan 'n dun verslete draadjie en sy weet nie waar sy gaan opeindig nie.

Clint kyk bekommerd na Lexi, sy was nog heel pad doodstil. "Sal ons iets kry om te eet voor ons huis toe gaan?" vra hy onseker.

Sy kyk verbaas na hom, asof sy vergeet het dat hy daar is. "Dis reg."

Hul stop by die naaste eetplek. "Kan jy vir my 'n milkshake saambring, seblief?" vra sy huiwerig. Clint knik instemmend voor hy uitklim.

Intussen skakel Lexi die radio aan. Dis net toe die laaste gedeelte van die nuus die kar vul.

Sy skrik haar boeglam toe sy haar naam oor die radiogolwe hoor. "Welbekende kunstenaar se dogter, Lexi van Vuuren, word vermis. Reuse beloning uitgereik vir enige leidraad wat kan lei tot haar opsporing."

Sy skakel die toestel dadelik af. Wat gaan sy doen. Sy was nog nooit 'n moeilikheidmaker nie, maar nou voel sy soos 'n misdadiger.

Clint kom oor die pad gedraf. Hy klim agter die stuur in en gee die beloofde milkshake vir haar aan.

Met bewende hande neem sy dit. Clint kyk haar ondersoekend aan. "Kry jy steeds koud?"

"Nee," sê sy effe bot.

Clint weet nie hoe om daarop te reageer nie, daarom ry hy eerder in onsekerheid huis toe.

Vir 'n vlietende oomblik wonder hy of hy 'n fout begaan het om betrokke te raak by 'n situasie waarvan hy niks weet nie.

"Jammer," kom dit saggies van die oorkantste sitplek.

"Dis okay Lexi, ek weet jy het nie juis lus om te praat nie, ek gaan jou ook nie forseer nie."

"Dankie dat jy verstaan Clint, ek voel net oorweldig, dis al."

Sy moes ingesluimer het, want toe sy haar oë oopmaak, staan hulle langs 'n huis met 'n hewig oorgroeide grasperk. Die huis lyk nie veel beter nie. Lexi klim huiwerig uit terwyl Clint vir haar die deur oophou.

Sy voel aan haar hare, wat intussen droog geword het. Sy kan haar indink hoe die boskaas teen die tyd lyk. Toe sy haar weerkaatsing in die kar se venster gewaar, kry sy amper 'n toeval.

Iewers in haar sak moet 'n rekkie wees. Sy vroetel benoud rond tot sy een raakgevat kry.

Die hare wil nie saamspeel en om dit sonder 'n borsel bymekaar gehark te kry, is makliker gesê as gedaan.

Clint wag geduldig by die stoeptrappie. Saam stap hul die nou trappies op.

Toe die voordeur oopswaai, tref hul drie uitgegroeide jongmanne, ongeveer Clint se ouderdom. uitgestrek op die lae sitkamerbanke aan. Oorverdowende musiek rond die prentjie af.

Clint maak onnodig keelskoon om sy huismaats se aandag te kry. Gelyk spring die driestuk op, kom een vir een nader om Lexi se hand te vat.

Lexi staan oorbluf met uitgestrekte hand na elkeen.

"Brad en Chad is 'n tweeling, Tim is die jongste," lig Clint haar in.

"Jammer, ons wou nog opruim," maak hul kamstig verskoning.

Clint lei haar deur die gang na sy kamer. "Jy is seker moeg."

"Nogal, en honger," skimp sy skaam.

Die kos wat hul langs die pad gekoop het, staan onaangeraak op Clint se bed. "Hoe dom van my, ek gaan warm die kos gou op." Voor hy by die kamer uitgaan, draai hy om. "Jy kan stort, die badkamer is deur daardie deur."

"Dankie," sê Lexi dankbaar.

Na die warm stort en aandete voel sy liggaamlik beter, maar die angstigheid wil haar net nie los nie.

Dis asof sy wag dat die ergste moet gebeur, maar die ergste het reeds. Sy het haar ma verloor. Sy is haweloos en wees, sonder enige plan vir die nabye toekoms.

Clint lê op die bank onder die venster en Lexi op sy bed.

"Kan ons gesels, seblief."

Clint kom nuuskierig orent. "Wat het jy op jou hart, meisiekind?"

"Jy verdien om te weet wat aan die gang is, dis nie regverdig van my om jou te vra om my slaapplek te gee, en jou nie te sê wat die rede is nie."

Clint skuif hom reg, want die oomblik wat hy voor gewag het is hier.

Nadat Lexi haar verhaal vertel het, is hy heeltemal oorstuur. "Lexi, ek weet eerlikwaar nie wat om te sê nie." Clint kan nie glo wat Lexi hom vertel het nie. Sy het ook bygevoeg wat sy vroeër oor die radio gehoor het. "Wat gaan ons doen?"

"Hierdie is nie jou probleem nie, Clint. Ek het net tyd nodig om uit te figure wat ek volgende gaan doen, dis al."

"Ek wil en gaan jou help, Lexi. Op watter manier jy my ook al sal toelaat," probeer Clint haar oorreed. Hy gaan haar definitief nie nou in die steek laat nie. Die belangrikste is haar veiligheid en welstand. Sy gevoelens vir haar sal vir eers baie diep weggebêre moet word.

Clint glo dat die noodlot hulle vir 'n rede op mekaar se pad geplaas het. Wat die rede is, sal net die tyd leer.

Lexi sak terug teen die groot sagte kussing op Clint se bed. Maak haar oë verlig toe. Dankbaar dat alles nou in die oopte is tussen hulle.

Wat gaan sy nou doen? Een of ander tyd sal sy hiervandaan moet gaan. Om hier weg te kruip is nie raadsaam nie. Die werklikheid sal sy op 'n stadium in die oë moet staar, maar vanaand wil sy net rus en nie dink aan al haar probleme nie.

Die afgelope paar dae het haar uitgemergel. Môre sal sy die kinderhuis kontak en haar oorgee aan watter straf ook al vir haar wag. Maar dis môre se bekommernis. Vir nou is sy dankbaar vir 'n warm bed en vriendskap.

Hoofstuk 11

Dit is al die vierde dag en steeds is daar geen teken van die meisiekind nie. Diane en Hassen was sowaar Dihana se steunpilare gedurende hierdie moeilike tyd. Cole moes ongelukkig terug gaan Hermanus toe, sy verlof het op 'n einde gekom.

Speurder Heradien, is baie behulpsaam maar sit ook met sy hande in sy hare.

Dihana is vol selfverwyt. Sy kon eenvoudig nie haar persoonlike gevoelens opsyskuif en die kind 'n kans gee nie.

Die kind se hele lewe is in 'n kort rukkie heeltemal omvêr gegooi. Alles wat aan haar bekend was is van haar af weggeneem. Sy is heeltemal wees gelaat in hierdie wrede wêreld, en toe sy probeer uitreik na Dihana, word die foon in haar oor neergegooi.

Vir drie jaar was Dihana verwerp, verneder en mishandel deur die persoon wat haar moes liefhê en beskerm. Sy weet presies hoe Lexi moes voel.

So tref Hassen en Diane haar aan. Ingedagte op Pippa se agterstoep. Haar oggendkoffie koud en onaangeraak op die ronde houttafeltjie voor haar. Sy kyk vlugtig op na waar hul in die kombuisdeur staan.

"Môre julle, daar is nog koffie in die pot as jul wil hê."

"Dihana," sê haar ma saggies. "Ons het nuus..."

Dihana kyk haar ma vraend aan. "Wat is dit ma?" Hassen en Diane het intussen oorkant haar sitplek ingeneem.

"Lexi het kontak gemaak, sy is veilig, sy is okay." Hassen neem Dihana se bewende hande in syne.

Sy voel hoe die snikke haar liggaam oorneem. Diane neem haar kind in haar arms en hou haar vir 'n wyle styf vas. "Dis okay my kind, alles gaan nou regkom," troos sy.

Dihana knik instemmend. Niks is nou meer belangriker as om Lexi veilig by hulle te kry nie. Al was Jonathan nie die beste mens nie, het hy ten minste een ding probeer regmaak. Dihana gaan seker maak dat dit deurgevoer word.

Speurder Heradien skuif die die pak lêers en papierwerk op sy lessenaar eenkant toe. Verlig en dankbaar, dit is hoe hy op die huidige oomblik voel.

Met meer as vyftien jaar in die speurdiens, is elke suksesvolle saak 'n oorwinning vir hul speurafdeling in geheel.

Die oproep van die Mispa Kinderhuis kon nie op 'n beter tyd gekom het nie. Hul stasie se moraal is deesdae baie laag, hul was besig om hoop in hul vermoëns te verloor.

Daar was nie genoeg leidrade in hierdie saak om op te volg nie. Hy het gehoop dat hul die vermiste Lexi by haar ouerhuis in Vishoek sou vind. Al was daar tekens dat sy wel daar was, het die leidrade daarna redelik doodgeloop.

Die belonging wat mevrou Swanepoel beskikbaar gestel het, het sake net vererger. Vals oproepe en mense wie voorgee dat hul Lexi gesien het, was meer skadelik as goed.

Maar die sestienjarige Lexi het gisteraand kontak gemaak met die matrone van die Mispa Kinderhuis. Sy het haar presiese ligging gegee, en belowe dat sy veilig en ongedeerd is.

Hy staan van sy lessenaar af op, gryp die staatsvoertuig se sleutel. Hy gaan die familie neem om Lexi te gaan haal. Dit is waarvoor hy leef, om elke kind veilig aan hul geliefdes te besorg.

Die warm stort was hemels, maar nie kalmerend genoeg nie. Oor 'n paar minute gaan sy in 'n wildvreemde vrou se sorg geplaas word. Die vrou wie geweier het om met haar te praat toe sy probeer uitreik.

'n Wildvreemdeling.

Hoe gaan sy dit regkry, en meer nog, wil die vrou haar regtig hê?

Lexi voel soos 'n lam wat ter slagting gelei word. Teen haar sin moet sy aan 'n pa, wat sy nooit geken het nie, se vrou se genade oorgegee word. Sy voel angstig, alleen en bang.

Haar lewe word vir die soveelste keer omvêrgewerp en sy is magteloos om enigiets daaraan te verander.

Die ontmoeting

Clint en Lexi sit afwagtend op die klein stoepie voor Clint se huis. Hy neem haar hande in syne. "Bedaar Lex, ek sal jou nie vir een oomblik alleen laat nie," verseker hy haar.

Sy kyk op na hom. "Wat sou van my geword het as jy nie tot my redding gekom het nie? Ek weet nie wat hierna gaan gebeur nie, maar ek hoop dat jy steeds in my lewe kan wees."

Dit is wat Clint so bekommerd maak, hy weet ook nie of hierdie die laaste keer sal wees wat hul mekaar sal sien nie.

Die geluid van sirenes laat al twee pad op kyk. 'n Polisievoertuig gevolg deur twee privaat motors hou agtermekaar voor die huis stil.

Dit is een te veel vir Lexi. Sy begin onbedaarlik huil, maar Clint anker haar. Lig haar uit die bank uit op, en hou haar regop.

Die deure van die motors gaan byna gelyktydig oop en Lexi staal haar vir wat gaan kom.

Dihana sit penorent langs haar ma agter in haar motor. Sy skuif nader aan die venster om beter te sien, gryp haar ma se hand vas. Almal is doodstil, worstel met hul eie emosies toe hul motor tot stilstand kom voor die huisie waar twee verwese figure hul op die stoep inwag.

Amper soos in 'n droom, stap Dihana op met voetpaadjie wat lei na die voordeur, met haar ma en Hassen op haar hakke.

Sy besef al te goed dat hierdie 'n heilige oomblik is, dat hierdie gebeurtenis hul almal se lewens onherroeplik gaan verander.

Toe sy voor Lexi kom, staar sy in verwondering na haar. Sy is haar pa se ewebeeld. Dis verstommend. Die welige donker hare, fyn neus en die groot bruin oë, wat nou bang en verwilderd na haar kyk.

Die angs in Lexi se oë vermurwe Dihana se hart onmiddellik, sy kry die oorweldigende gevoel om die meisiekind met haar lewe te beskerm teen alles en almal wat haar wil seermaak.

Sy neem Lexi se fyn gesiggie in haar hande. Jonathan het hierdie geskenk vir haar agtergelaat.

"Hallo poplap," groet sy Lexi met 'n teerheid in haar stem. Sy kan sien dat Lexi onseker is oor wat om te doen, maar sy beur voort. "Ek is Dihana, ek weet ons het nie op 'n goeie voet begin nie, maar ek voel baie bevoorreg om jou te ontmoet, en ek hoop dat jy my kan vergewe."

Hul oë ontmoet weer, hierdie keer kan Dihana sien dat die skanse bietjie weggeval het, dit is toe iets heeltemal onverwags gebeur.

Lexi gooi haar arms om Dihana se nek en die damwal van opgeboude emosies breek uiteindelik. Die mure wat sy om haarself gebou het, het vanself verbrokkel.

Dit is 'n vreemde gevoel. Sy vertrou hierdie vreemde vrou met die sagte oë volkome. Alles wat die afgelope jaar met haar gebeur het, haar ma se dood, die verwerping van haar familie, die feit dat sy soos 'n weeskind in 'n kinderhuis moes gaan bly, alles huil sy op Dihana se skouer uit.

Dihana sus haar soos haar 'n baba in haar arms.

Na wat soos 'n ewigheid voel, probeer Lexi haar trane afdroog. Sy onthou skielik van Clint wie nog heeltyd stil langs hul staan.

"Tannie Dihana, ontmoet vir Clint, my vriend."

'n Ouer weergawe van Dihana kom nader en druk Lexi teen haar vas. "Hello Lexi, ek is Diane, Dihana se ma. Dit is 'n eer om jou te ontmoet."

Nog 'n langerige man met kaalgeskeerde kop omhels haar ook onverwags. Hy stel homself voor as Hassen, Dihana se beste vriend.

Dit is 'n oor en weer groetery, drukkery en deurmekaar gesels.

Toe almal klaar kennis gemaak het, nooi Clint hul binne. Hy en Lexi het die plek behoorlik van voor tot agter skoongemaak. Dit lyk darem nou baie beter as toe Lexi hier aangekom het.

Terwyl Clint koffie maak sit die res in die sitkamer. Dihana breek eindelik die stilte. "Jy het sekerlik baie vrae, Lexi?" begin sy.

"Ja, ek het, ek weet eintlik nie waar om te begin nie," sê sy.

Dihana kan steeds nie glo hoe baie die kind na haar pa lyk nie, selfs haar lag is dieselfde as Jonathan s'n.

"Wat gaan nou gebeur, ek bedoel met my."

Dihana kyk haar glimlaggend aan. "Wel Lexi, aangesien ek nou jou wettige voog is, gaan jy by my bly, in Hermanus. Op die oomblik bly ek by Hassen en sy maat Brent se gastehuis tot ons 'n plekkie van ons eie kan kry.

"Ek en jou pa het in Springbok gewoon en werk, maar ek het besluit om die huis te verkoop en na my

76

geboortedorp terug te trek. Dit is ook nader aan my ma," voeg Dihana by.

Lexi probeer al hierdie inligting inneem.

Net toe stap Clint in met 'n skinkbord en deel koffie aan sy gaste uit.

"Ek het net 'n vraag oor Jonathan, oftewel, my pa," sê Lexi sag van agter haar koppie. "Hoekom wou hy nooit deel wees van my lewe nie, ek kan nie verstaan nie, hy het tog geweet van my. Dit het my baie seergemaak, hoe kon hy dit doen?"

Dihana kan die seer in die kind se stem hoor. "Ek kan eerlik nie daardie vraag vir jou beantwoord nie, Lexi. Ek was ook nie daarvan bewus dat Jonathan 'n kind uit 'n vorige verhouding gehad het nie. Is dit die een van die redes hoekom jy by die kinderhuis weg is, het dit alles te veel vir jou geword?"

Lexi knik instemmend.

"Maar dan het ons baie in gemeen, ek en jy Lexi," gee Dihana te kenne. "Jy is nie meer alleen nie, kyk jy het nou sommer 'n ouma en 'n oom ook bygekry."

Diane en Hassen stem heelhartig saam.

Diane gaan sit langs Lexi. "Ek is so jammer oor wat alles met jou gebeur het, maar ons is nou familie, as jy ons wil hê, en noem my asseblief ouma ... dit sal so 'n treat wees om jou ouma te kan wees."

Lexi glimlag breed, sy het self ook nog nooit 'n ouma gehad nie. Alles is so oorweldigend, maar ook gerusstellend.

Uiteindelik staan Hassen op. "Dis tyd om aanstaltes te maak, familie."

Angs pak Lexi van voor af beet, die oomblik waarvoor sy bang was het aangebreek.

Maar na hierdie ontmoeting voel sy nie meer so verskrik nie. Hierdie mense het haar by hul sirkel ingetrek, sy voel veilig by hulle.

Clint gaan saam na sy kamer om haar sak te gaan haal.

"Jy het my nommer Lexi, bel my enige tyd, dag of nag. Ek weet hoe moeilik dit vir jou is, maar ek glo dat alles goed sal afloop." Hy druk haar teen hom vas, ook hy is emosioneel en hartseer om Lexi aan wildvreemdelinge oor te gee. Maar hul het geen keuse nie. Ten minste lyk dit asof hul oop kaarte speel, en tegemoetkomend is.

"Moenie worry nie, Hermanus is 'n klipgooi van hier af, jy gaan nog moeg word van hierdie gesig," probeer hy skerts.

Na 'n laaste drukkie klim sy by die res in die kar. Die toekoms is onseker, maar tog het sy vrede.

Hoofstuk 12

Cole het agt en veertig uur laas van Dihana gehoor. Hy weet nie waar sy is, en of hul al vir Lexi opgespoor het nie.

Dis vreemd hoe vining hy 'n konneksie gevind het met haar. Hoe vinnig hy gevoelens ontwikkel het vir haar. Hy kan dit maar aan homself erken dat hy verlief is op haar.

Halsoorkop verlief.

Daar was nie 'n manier hoe hy dit kon keer nie. Sy het dit waarna hy soek. Waarna hy smag in 'n vrou.

Hy weet nie hoe hy in haar lewe gaan pas nie, of daar enigsins plek is vir hom nie. Alles wat bekend was vir haar, is van haar af weggeneem, hy weet hoe dit voel.

Sy vrou het hom gelos vir 'n jonger man. Haar laaste woorde aan hom was dat hy nie opwindend genoeg was vir haar nie, dat hy vervelig en voorspelbaar is. Hy het nooit waardig gevoel vir haar nie. Vir jare na hul egskeiding het hy homself kasty daaroor. Het hy hom onttrek van enige vroulike geselskap. Elke keer as hy aangetrokke tot iemand gevoel het, het sy eks se woorde hom uit die verlede bly koggel.

Met Dihana is dit anders. Vir die eerste keer voel hy nie dat hy homself heeltyd moet bewys nie. Dit voel gemaklik en reg. Die feit dat hul onder sulke grusame omstandighede ontmoet het, maak geen verskil nie.

Maar om hier in sy woonstel te sit en tob gaan niks verander nie. Hy gryp sy sleutels en klim in sy kar. Hy moet sy kop probeer skoon kry. Die seelug laat hom altyd beter voel, daarom besluit hy om langs die strand te gaan ry.

Destyds toe hy hier na Hermanus verhuis het, het hy nooit gedink dat die kusdorpie so op hom sou groei nie.

Hy kan reeds die branders hoor klots teen die rotse. Net toe hy wil afdraai om te parkeer, hoor hy 'n toeter hier reg langs hom. Toe hy omkyk, begroet Dihana se laggende gesig hom.

Sy hart bokspring behoorlik in sy borskas. Hy stop sommer so in die middel van die pad, spring uit sy kar.

Die oomblik toe hy voor haar staan, neem hy haar in sy arms. Hy asem haar in, druk sy gesig teen haar nek. Hul lippe ontmoet. Hy soen haar passievol, soen die verlange na haar weg.

Sy Dihana.

Hul albei vergeet heeltemal waar hul is.

Sy hande gaan op 'n verkenningstog, deur haar hare, streel haar nek, af teen haar rug.

Hul soene word inniger. Hul asems word een, onstuimig soos die branders rondom hulle. Haar vol, sagte lippe streel sy troebel gemoed en oorweldig sy denke.

Die klank van 'n aankomende motor maak hul weer bewus van hul omgewing, en hul liefkosing word skielik verbreek. Vir 'n oomblik staan hul so, koorsagtig na mekaar en staar.

"Jy is hier," kry Cole skor uit.

Die glimlag in haar oë sê vir hom dat sy dieselfde voel oor hom. "Ek is hier," antwoord sy heserig.

Met hande inmekaargestrengel stap hul op die verlate strand. Die son trek reeds water. Daar is so baie wat gesê moet word.

"Wanneer het jul teruggekom?"

"'n Paar uur gelede." Sy gaan staan stil, draai na hom toe. "Ons het vir Lexi gekry, Cole. Sy het saam met ons gekom, sy is veilig."

"Dihana, ek is so verlig, wat gaan jy nou doen?"

Sy gaan sit plat op die klam seesand en trek Cole langs haar neer. "Ek het my werk bedank in Springbok, my huis in die mark gesit, daar is niks meer wat my daar hou nie. Daar is so baie slegte herinneringe van daardie plek wat ek graag net wil vergeet. Ek wil oor begin, hier saam met jou en Lexi."

Cole soen haar sagkens op haar voorkop. "Ek kan nie wag nie," sê hy. Saam sit hul die pienk-pers sonsondergang en inneem.

Hul het altwee 'n tweede kans op liefde gekry, en hul verdien dit.

Sonstrale wat deur die blindings in die kamer skyn, maak Lexi wakker. Sy hoor 'n gewerskaf in die kombuis, potte en panne wat rondgeskuif word, en die reuk van spek en eiers bereik haar.

Hassen en Brent het sekerlik reeds begin ontbyt maak. Hul het haar so welkom laat voel hier. Sy het laas so geborge gevoel toe haar ma nog geleef het.

Maar steeds kan sy nie help om te dink dit net alles 'n illusie is nie. Dat al die liefde in 'n oogwink weggeneem kan word en sy weer verwerp sal word.

Daarom is dit vir haar moeilik om haarself oor te gee aan hierdie mense wat alles in hul vermoë doen om haar te beskerm en lief te hê. Sy wil haar hart beskerm om weer seer te kry.

'n Klop aan die deur laat haar regop sit teen die kussings.

Hassen loer by die kamer in. "More liefie-kind, is jy reg vir ontbyt?"

Elke keer as hy daardie troetelnaam vir haar gebruik maak dit haar emosioneel, Haar ma het haar dikwels so genoem.

Hy kom sit by haar op die bed. "En die trane, Lexi? Ag nee wat, kom ons vee die lastige trane weg, alles is okay." Hy droog sommer haar gesig met die vadoek af wat oor sy skouer hang. "Gaan spoel nou daai oulike gesiggie af, en kom help om die tafel te dek."

Sy glimlag skaam, terwyl hy weer saggies by die kamer uitglip.

Vir 'n wyle staan hy so stil voor Lexi se kamerdeur. Hy moet sy emosies onder beheer kry, voor hy weer kombuis toe kan gaan.

Hy het so lief geword vir die meisiekind, so ook die res van hul mengelmoes huisgesin. Die verwilderde kyk in haar oë wat sy gehad toe hul haar die eerste keer ontmoet het is wel nie meer daar nie, maar tog die hartseer.

Daar lê nog 'n lang pad voor, voor sy weer enigeen volkome sal vertrou. Terwyl hy homself nog probeer regruk, kom Diane met die gang afgestap. "More Mams," kry hy hees uit.

Sy soen hom op sy voorkop. "Goeiemôre my kind. Kom laat ons nie vroegmôre staan en grens nie, en dit nogal sonder 'n koppie koffie in die hand."

Sy neem sy hand en lei hom na die kombuis.

Hul het 'n verrassing beplan vir Lexi. Sy is so terneergedruk die afgelope paar dae, dat hul nie meer geweet het wat om te doen om haar op te beur nie.

Hopelik sal die verrassing nie in hul gesigte opblaas nie, maar eindelik 'n glimlag op hul pragtige meisiekind se gesig sit.

Slot

Dihana, Diane, Lexi, Hassen en Brent sit om die ontbyttafel toe die voordeurklokkie lui.

"Sal jy gaan kyk, Lexi?" vra Hassen

Lexi plaas haar eetgerei langs haar bord neer, en stap na die voordeur.

Die res staan ook saggies op, volg haar geluidloos, want haar verrassing is uiteindelik hier.

Lexi maak die deur niksvermoedend oop. Sy gil van blydskap toe sy sien wie voor haar staan.

"Hi Lex," sê Clint met die breedste glimlag op sy gesig.

Lexi omhels hom, gil weer skril. 'n Gejuig en handeklap laat haar skielik omkyk. Daar staan haar nuwe familie. Haar familie wie haar met ope arms vol deernis aanvaar het.

Die liefde vir haar straal uit hul uit.

Dihana kom nader, en soen haar liefderik oral op haar gesig. Laggend omhels sy haar nuwe mamma.

Hul het 'n veilige hawe in mekaar gevind. Hul al twee se harte is weer heel.

Die toekoms is uiteindelik iets waarna hul weer kan uitsien.

Geagte Leser,

Ons hoop dat u ons boek geniet het en dit boeiend gevind het. U terugvoer is baie belangrik vir ons en vir toekomstige lesers.

Ons sal dit baie waardeer as u 'n paar oomblikke kan neem om 'n resensie op Amazon te skryf. U mening help ander om ingeligte besluite te neem en dit help ons om beter te verstaan wat ons lesers waardeer.

Baie dankie vir u ondersteuning!

Vriendelike groete,
Malherbe Span

www.ingramcontent.com/pod-product-compliance
Lightning Source LLC
Chambersburg PA
CBHW071416170626
46811CB00003B/1431